魔物の国と裁縫使い

～凍える国の裁縫師、伝説の狼に懐かれる～

～もくじ～

MAMONO NO KUNI

TO

SAIHOU TSUKAI

Kogoeru Kuni no Saihoushi

Densetsuno Ookami ni Natukareru

プロローグ

目覚めると、ベッドの中だった。

氷の森の土の上でも開拓地のタコ部屋でも雪の中でもない。

バネのきいたマット、上質な亜麻布のシーツ。

ふわふわした枕が使われた勝ち組仕様の大ベッド。

「どうなってんだ？」

気を失ったと思ったら、勝ち組のベッドで目を覚ます。脈絡がわからない。

ベッドだけじゃなく、部屋全体が広く清潔。絨毯やクローゼットなどの調度も上等なものが取りそろえられている。レースのカーテンから、日の光が差し込んでいた。

夢を見ているような気分になりながら、おれを抱きしめている魔物の顔を見た。

魔物と言ったが、見た目は人間と大差ない。

歳の頃は一二、三。

長い金髪に白い肌。綺麗というより怖いくらい整った容姿の美少女。

そこまではいいが、ひとつ問題がある。

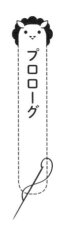

全裸だ。

かけ布団を除けば上から下まで布きれ一枚つけていない。

素裸のまま、おれの足と胴体に手足を絡めてスヤスヤピーと寝息を立てていた。

裸の尻の少し上から、ふさふさした金のシッポが伸びている。

顔見知りだが、そういう仲まではいっていない。

おれもこいつも酒は呑まないので、酔った勢いでどうこうということもないだろう。

一応おれは服を着ている。間違いは起きてないはずだ。

そもそもこいつが全裸なのはよくあることだ。

震天狼《バスターウルフ》のルフィオ。

天を震わす狼。

人と狼の体を使い分けることができる、世界でも最強格に分類される魔物……らしい。

性格、素行、精神年齢などから考えると「最強格？」と首をひねりたくなる部分がありすぎるが。

裸族なのは種族的な問題らしい。

人の体で服を着ていても、狼の体になると自然に脱げてしまう。

そのせいで、人の体でいるときも裸で過ごすことが多い。

服を嫌っているわけではないから着ろと言えば着るが、放っておくと着ない。

寝るときも着ない。

気がつくとなんとなく裸になっていたりする。

人化のできる魔物には、全体的にそういう傾向があるらしい。

ともかくベッドを出ようとしたが、ルフィオは離れてくれなかった。

きつく抱きついているわけじゃないが、離れようとすると妙に頑強に抵抗してくる。

ルフィオの腕力は人の姿でもおれより上だ。力ずくじゃどうにもならない。

「起きろ」

返事はない。

「おいこら」

ゆさぶってみる。

乳が揺れた。

いや、そういうことがしたいんじゃない。

「起きろっつってんだろうが」

大声で怒鳴れば反応するかも知れないが、外見上は年下の子供を怒鳴りつける気にもなれない。

参ったな。

ため息をついたところに、救いの神がやってきた。

ドアが開き、生真面目な雰囲気の声が響いた。

「カルロ殿」

カルロというのがおれの名前だ。

顔を見せたのは、ルフィオに負けず劣らずの美少女。

見た目は十五、六歳くらい。かすかに紫がかった黒色の髪に同色の瞳。手足が長く、すらっとした体型。

裸族のルフィオとは逆に、肌の露出が少ない。

黒地に金の刺繍や縁取り《パイピング》を施した軍服風の上下、黒い手袋をはめている。

正式な軍服ではなく、おれが縫製した普段使い用の衣装なので所属や階級などを示す徽章の類はついていない。

「お加減はいかがでありますか？」

独特の口調で言って、軍服少女はおれの顔を見下ろす。

サヴォーカさん。

上客なので「さん」と呼んでいる。

「大丈夫です。こいつ以外は」

まだスヤスヤしているルフィオの姿を視線で示す。

サヴォーカさんはやや恐縮したような顔になり「申し訳ないであります」と言った。

「カルロ殿が魔力欠乏を起こしていたので、ルフィオが魔力を注いでいたのであります。服は着ていたはずでありますが、眠っている間に脱いでしまったようで」

サヴォーカさんはベッドの下に落ちていたシャツを拾い上げる。

「魔力欠乏、ですか」

魔術師が魔力を使いすぎたりするとなるやつだ。

体温が急低下して眠り込み、場合によってはそのまま目覚めず死に至る。

身に覚えは……ある。

相当の無茶というか、デタラメをやらかした。

「裁縫術は負担の軽い魔術でありますが、あそこまでのことをすれば相応のリスクが生じるであります」

サヴォーカさんはおれをたしなめるように言った。

「助けていただいたんですね」

「当然であります」

サヴォーカさんは微笑む。

「カルロ殿を、あんな場所で喪うわけにはいかないであります」

そう告げたサヴォーカさんの背後には、半透明の花が大量に咲いていた。

黒と白、それと灰色をしたモノクロの花。

冥花。

この世界からわずかにずれた位相にある、冥層という世界の植物だそうだ。サヴォーカさんの眷属でもあり、サヴォーカさんの喜怒哀楽に応じて姿を変えたり、姿を現したりする。

サヴォーカさんはおれに抱きついたルフィオの両腕を掴み、ぐぐぐと剥がしはじめる。

見た目は人間と変わらないが、サヴォーカさんは震天狼《バスターウルフ》のルフィオと同格の魔物だ。

おれの腕力ではどうにもならないルフィオの腕を力ずくで開かせ「今であります」と告げた。

おれが脱出に成功した瞬間、ルフィオはぱちりと目を開ける。

青い目でおれの顔を見上げ、

「カルロ！」

バネ仕掛けみたいな勢いでおれに飛びつき、抱きしめてきた。

振り出しに戻った。

「良かった！　起きた！　だいじょうぶ⁉　平気⁉」

金色の尻尾がブンブン音を立てて振りまわされる。興奮した犬みたいな勢いだ。

「ありがとう。悪かったな、心配を掛けたみたいで」

まずは素直に感謝を口にする。

それから、

「服着ろ」

と言った。

全裸で密着し、尻尾をぶん回しているおかげで、密着した胸の暴れ具合が大変なことになっていた。


「着た」

「パンツはどうした」

素裸にシャツを一枚だけ羽織って得意顔をしている裸族にツッコミを投げた。

シャツの後ろ側がめくれて裸の尻が見えている。

その上尻尾を振るもんだから、さらに大変なことになる。

「ここは？」

ルフィオから視線を外す意味も兼ね、サヴォーカさんに聞いてみる。

意識をなくした時におれがいたのはタバール大陸、ブレン王国南の街ゴメルの近く。一言でいうと辺境の街だ。こんな立派な部屋があるような土地じゃない。

「ここでありますか」

サヴォーカさんは思案するような表情を見せた。

「言葉で説明させていただくより、ご覧いただいたほうが早いでありますね」

サヴォーカさんは部屋の窓に歩み寄り、カーテンを開く。

カーテンの向こうにあったのは、大都市だった。

レンガやセメントなどで作られた大型建築物の群、白い蒸気を吐きながらレールの上を疾駆する蛇みたいな乗り物などが視界に飛び込んで来る。

街の向こうは大海原。蒸気を噴く黒い船やシーサーペントなどの海獣につながれた牽引船などが何隻も浮かんでいる。往来にはオークや鬼族、獣人、ドワーフといった人間以外の種族が行き交い、空にはワイバーンやグリフォンといった翼獣たちが飛び回っていた。

「ここ、は……？」

唖然としたおれに、サヴォーカさんは告げる。

「アスガル魔王国、首都ビサイド。この部屋は私とルフィオが所属しているアスガル魔騎士団宿舎の十二階であります」

アスガル魔王国。

おれがいたタバール大陸の東方に位置するアスガル大陸を統一支配する国だ。

名前の通り魔王に支配された多種族国家で、魔物の国という異称でも知られる。

オーク、鬼族、獣族、竜族、魔族、妖精族、巨人族といった様々な種族を魔王、それと魔王直属の魔騎士団の圧倒的な戦闘力でまとめあげている武力主義国家。

「びっくりした?」

パンツをはいたルフィオは尻尾をゆらして言った。

「驚いた。さすがに魔騎士だとは思わなかった」

ルフィオとサヴォーカさんが魔物であること、アスガル出身者であることは知っていたが、魔騎士団の関係者とは思っていなかった。

魔騎士団は魔物の国アスガルが誇る世界最強の戦闘集団……らしい。

あります口調のサヴォーカさんはともかく、ルフィオのほうはイメージが全く合わない。

戦闘力はともかく、組織向きの性格ではないだろう。

褒められたと思ったのか、ルフィオはさらにぶんぶんと尻尾を振った。

「隠し立てをして申し訳ないであります」

サヴォーカさんは真顔で言った。

「カルロ殿がブレン王国にいる間は、自分たちが魔騎士団の七黒集《しちこくしゅう》であると明かすわけにはいかなかったのであります」

「七黒集？」

また聞き捨てならない単語がでてきた。

七黒集。

世界最強と言われるアスガル魔騎士団の中でも頂点とされる七者の魔物。

「はい」

サヴォーカさんはうなずく。

「正式に自己紹介をさせていただくであります。私はアスガル魔王国魔騎士団所属、七黒集第二席『貪欲』のサヴォーカ」

七黒集というのは慣例的に『傲慢』『貪欲』『嫉妬』『憤怒』『姦淫』『暴食』『怠惰』という、不穏な単語を割り当てられているそうだ。

そうなると、ルフィオのことが気になってくる。

眼をやると、ルフィオは尻尾を振ったまま「『暴食』」と言った。

「七黒集第六席『暴食』のルフィオ」

やっぱり両方とも七黒集だったらしい。

にしても『暴食』か。

サヴォーカさんの『貪欲』はピンとこないが、こっちは納得しやすかった。

おれがルフィオと出会ったきっかけは『暴食』というか、ルフィオが変なものを食い、腹痛《はらいた》を起こしたことだった。

第一章　氷の森と震天狼《バスターウルフ》

おれがルフィオと出会ったのは半年ほど前。

その時おれは、氷の森で生贄にされていた。

おれを生贄にしようとしていたのは氷の森北限近くの国、ブレン王国の衛士たち。

王国南部の都市ゴメルの裏通りに小さな店舗を借り、細々と古着屋をやっていたおれは、押しかけてきた衛士たちに「古着屋リザードテイルの店主カルロ！　盗品売買の容疑で連行する！」と言い渡された。

「どういうことです？」

槍や棒を突きつけてくる衛士たちに問いかける。

衛士とは王都から派遣されている統治官に雇われた下級役人のことだ。ゴメルの治安維持を担う存在だが、本当に盗品売買の容疑をかけられたとは限らない。

ブレン王国の役人は、腐敗ぶりで有名だ。

賄賂を強請《ゆす》りにきたとか、あるいは商売敵から賄賂をもらっておれを潰しに来たとか、可能性は色々考えられる。

「表通りの仕立屋ロイヤルドラグーンより、ロイヤルドラグーンから横流しされた布地をこの店で使っているとの通報があった」

衛士頭《えいしがしら》のオルダが言った。

今のゴメル統治官ナスカと一緒にゴメルにやってきた騎士崩れの男だ。

「ロイヤルドラグーン？」

王都で修行をしたという触れ込みの統治官御用達《ごようたし》の仕立屋だ。

統治官を筆頭とするゴメルの役人、羽振りのいい商人などを相手に商売をしている。

貧乏人から安手で買い付けた古着を直して貧乏人に売ったり、貧乏人の服や靴、寝具などの直しで食いつないでいるおれとは客層が全然違う。

とすると、商売敵の線はなさそうだ。

横流し云々についてはなんともいえない。

ロイヤルドラグーン関係者とは接点を持ってないが、近所の奥さん方やガキどもが節約やら小銭稼ぎやらで持ち込んでくるボロ着や端布《はぎれ》の類はちょこちょこと買い取っている。

そこにヤバいものが混じっていた可能性はゼロじゃないだろう。

だが、偉いさん相手の商売してるロイヤルドラグーンで使うような布地を見て、おれがわからないってのもおかしな話だ。

そうなると、やっぱり賄賂目当てとみるべきだろうか。

おれの店を取り巻いた衛士の数は、衛士頭のオルダを含めて十人。

腕を怪我でもさせられたら飯の食い上げだ。下手な抵抗はしないほうがいいだろう。ささやかな袖の下でどうにかなることを期待したほうがいい。

オルダが「連行しろ」と告げた。

衛士たちに取り押さえられる前に、携帯用の裁縫セットをズボンの隠しポケットに忍ばせた。

役人が腐敗したブレン王国は盗賊王国、強盗天国でもある。

金目のものを分散させる隠しポケットは最低限のたしなみだ。

素直に縛り上げられるつもりだったが、乱暴に引き倒され、縛り上げられて、頭から麻袋をかぶせられた。

荷車に積み込まれ、運ばれていく。

やがて、妙だと気付いた。

頭の袋のおかげで距離感が掴めないが、ゴメル中心部の統治府に向かっているにしては時間がかかりすぎている。

それに、静かすぎる。

雑踏の音はもちろん、鳥の声さえ聞こえない。

市街を移動しているにしては、荷車の揺れ方もおかしい。

嫌な感じがした。

盗品売買の容疑をかけられた時点で充分ヤバいが、統治府よりもさらにまずい場所に連れて行かれているような気がする。

「どこに向かってるんです？」

「黙らせろ」

オルダは軍人口調で言った。

ひゅん、と音がして、槍の柄らしきものが顔を一撃した。

口に血の味が広がる。

気管に血が入り、咳き込んだ。

「咳き込ませるな。奴らに気付かれる」

衛士たちが麻袋越しに口を押さえてくる。

鼻が血で塞がっているうえ、血で湿った麻袋を顔に押しつけられる格好だ。

息が詰まる。

もがいたが、どうにもできない。

手足を押さえつけられたおれは、痙攣しながら気を失った。

静かになれば、生死はどうでもよかったらしい。とどめを刺されるようなことはなかった。

意識をなくしたおれは、今度は平手打ちで息を吹き返した。

「気がついたか」

オルダが目の前に立っていた。

頭の袋は取られ、柱に縛りつけられている。

深い森の中。背の高い針葉樹林の中に、巨大な氷柱《ひょうちゅう》が何本も突き立っている。森の向こうに、雪化粧をした山が見えた。

どこに連れてこられたのか、わかった。

「何のつもりだ！」

噛みつくように叫ぶ。

「氷の森じゃねぇか。なんでこんなところに連れてきた！」

正面に見える山の名はイベル山。

百年前に発生した氷の森の暴走《スタンピード》に呑み込まれた休火山だ。

つまり、氷の森の真っ只中。

氷の森は、氷霊樹《ひょうれいじゅ》と氷獣《ひょうじゅう》と呼ばれる特殊な生物が支配する死の世界。

普通の人間や動物、魔物では一週間も生き残れない。

立ち入ってはならない。

小枝を一本折れば呪われる。

木を一本伐れば殺される。

昔から、そんな風に言われている場所だ。

何千年も昔に大陸の南端に現れ、それから着実に領域を広げ続けて、今や大陸の半分を支配している。

誰にも止められなかった。

誰もあらがえなかった。

そういうものだ。

子供が悪戯で入ることも許されない。

オルダはおれの顎を殴りつけた。

「黙れ」

「説明してやる。黙って聞け」

歯が折れた。咳き込み、口から血を出したおれを見下ろし、オルダは軍人風口調で言った。

友好的ではないが、敵意もない。虫けら同然の相手に付き合ってやっている、とでも言いたげな雰囲気だ。

「先月のことだ。統治官ナスカ様のご子息、ドルカス様の率いる調査団がこの氷の森に入り、氷獣に遭遇した」

ちょっと待て。

調査団？

正気の沙汰じゃない。

氷の森は森の中で生まれた氷霊樹、氷獣以外の存在を許さない。

運悪く迷い込んだ程度なら助かった事例もあるが、能動的な調査、開拓計画などは例外なく悲惨な結末を迎えている。

調査団や開拓団の壊滅で済んだならいい方で、氷の森の暴走《スタンピード》を誘発し、地上から消え去った街や国も少なくない。

なんでそんなバカな真似を、と言いたくなったが、また殴られるだけだろう。口には出さずにおいた。

「ドルカス様は統治府に帰還したが、それ以降、森が暴走《スタンピード》の兆候を見せ始めている。このままではゴメルはもちろん、ブレン王国そのものも暴走《スタンピード》にまきこまれかねない。これを鎮めるため、ドルカス様を除く調査団の生き残りと若い女、子供などを生贄に捧げたが、暴走《スタンピード》の兆候は収まる気配がない。そこでドルカス様と歳と背格好の近い人間をドルカス様の身代わりとして、ドルカス様の服を着せて差し出すことになった」

話が見えてきた。

氷の森の暴走《スタンピード》を止める方策の中で、最も安上がりな方法が生贄だ。

氷の森を荒らした人間や、その身代わりの人間を差し出し、氷獣に食わせて許しを請う。だが、統治官の令息は出したくない。替え玉を仕立ててなんとかしようと考えたんだろう。

「盗品売買ってのもデタラメか」

「黙って聞けと言ったはずだ」

オルダは威圧的な調子で言う。

「だが、特別に教えてやる。人心の混乱を避けるため、氷の森の暴走《スタンピード》の兆候はゴメル市民には通達していない。暴走《スタンピード》の兆候が公表されていない以上は、暴走《スタンピード》対策である生贄を公然と用意するわけにはいかない。そこで統治官様がロイヤルドラグーンに指示をし、おまえを訴えさせた」

「それで森をごまかせるなんて思ってるのか？」

人との対話ができない、あるいは対話をする意思がないだけで、氷の森には意思がある。氷の森に住まう氷獣も、やはり対話はできないものの、ものによっては人と同じか、それ以上の知能を持っている。

統治官の息子が森を怒らせたなら、替え玉工作なんか通用しないはずだ。

「無駄だろう」

オルダは傲然と言い放った。

「おまえを生贄にしても、氷の森の怒りは収まらない」

「ハ？」

つい、育ちの悪い声が出た。

百歩譲って生贄はいいとしても、無意味とわかってやる。

意味不明にもほどがある。

「統治官様の親心だ。統治官様は、ドルカス様を生贄にする前に、あらゆる方策を試したいとお考えだ。その方策の一つがおまえだ。無駄とわかっていても、やる必要がある。他の全ての方法を無駄だと証明してからでないと、ドルカス様を生贄にすることができない」

「統治官にドルカスを諦めさせる材料として、替え玉の死体が欲しいってことか」

「その通りだ」

オルダは悪びれもせず言った。

「おまえの死は無意味なものではない。おまえの死をきっかけに統治官様が覚悟を決めることができれば、ゴメルも王国も救われる。結果的には価値のある死ということになる。感謝し、覚悟を決めろ。

なんの価値もないおまえの命が、王国を救うために役立つ」

どうしようもない上から目線だ。「アタマん中でタンポポ栽培してんのかボンクラが」とでも言ってやりたくなったが、この状態でオルダを怒らせても無意味だ。

隠しポケットに忍ばせた裁縫セットはまだ没収されてない。オルダたちがこの場を立ち去れば、逃げ出せる可能性は充分ある。この場はおとなしくしているのが上策……と、思ったんだが。

考えが甘すぎた。

「……あぎゃ」

そんな声がして、変な物が横から転がって来た。

凍結した人間の首。

横に居た衛士の首だった。

視線を巡らせると、首をもがれた死体が転がっていた。

そのすぐそばに、氷の彫像のような、透き通った体の怪物がいる。

体高三メートル超。太く長い手足。顔もなければ毛皮もない。

シルエットは、大きな猿を思わせた。

衛士の一人が叫んだ。

「ひ、氷獣だ！」

氷獣は声を持たない。

咆哮することもなく、静かに立っていた猿の氷獣は右腕を繰り出し、叫び声をあげた衛士の胸板を貫いた。

氷獣の体は超低温だ。衛士の体はあっと言う間に凍結し、ばらばらに砕け散る。

オルダたちの目的は、おれを統治官の息子ドルカスの代わりに生贄とすること。だが氷獣にしてみれば、おれも衛士たちも同じ人間、森への侵入者にすぎない。

オルダたちはおれをここに置いたら逃げ帰る算段だったんだろうが、氷獣の動きが予想より早かったのだろう。

「ざまぁ」と笑ってやりたいところだが、おれにとっても早すぎる。

おれをここに置いていった帰途にでも襲撃されてくれれば万々歳だが、このタイミングで襲撃をかけられると、おれも逃げる時間がない。

柱に縛り付けられているので、身動きすら取れない。

ここは、魔法でどうにかするしかなさそうだ。

本職の魔術師から見たら児戯みたいなものだが、おれは簡単な魔法を使える。

裁縫術という工芸魔法。

ハサミや針と言った裁縫道具を手を触れずにコントロールしたり、ハサミの切断力、糸の強度などを上げたりするものだ。

死んだ養父から習った魔法だが、どうも養父の我流だったらしく養父以外の使い手は見たことがない。

まずは人差し指の先から不可視の魔力の糸を伸ばし、裁縫セットの中の糸切りバサミを巻き取る。

裁縫セットごと隠しポケットから引っ張りだし、宙に浮かせる。

裁縫セットの中で糸切りバサミを暴れさせ、ケースから出した。

その間も、虐殺は続いていた。

「ひ、ひいいいいっ！」

「て、撤退！　撤退だ！」

オルダは顔面を蒼白にして叫んだ。

今にも失禁しそうな表情。

「ざまぁねぇ」と言ってやりたいところだが、こっちもそれどころじゃない。

「た、助けて！　衛士頭……ひぎゃあっ！」

頭と足を掴んで持ち上げられた衛士の体が凍り付き、二つにちぎれて投げ捨てられる。

既に凍結していたらしい。地面に当たってばらばらに砕けた。

助けを求められた衛士頭オルダだが、いっそすがすがしいほどの勢いで部下の衛士たちを放って逃げていく。

だが、氷の森の氷獣は大猿だけじゃない。

兎やリスなどの姿をした氷獣たちが集まり、逃げるオルダの前方に回り込んでいく。

オルダは剣を抜き、飛びかかってきた兎の氷獣を斬り捨てる。

そして、破滅した。

兎の氷獣を斬り捨てたオルダの剣が、柄を握った手首ごと凍りつく。

手首が砕けて、剣がふっとぶ。

「ぁ……ああああああああああっ！」

絶叫したオルダは、手と剣のなくなった右腕を押さえる。

そこに、兎とリスの氷獣たちが襲いかかっていく。

オルダに体当たりをした氷獣たちは粉雪で作った雪玉みたいに砕け散る。

オルダの体からごっそりと熱を奪い、凍結させながら。

「ひっ」

オルダの両膝が凍りつき、砕ける。

「や、やめ……助けて……凍る、凍る……嫌だ、死にたく、な」

それがオルダの最後の言葉になった。

膝から下が砕けてなくなったオルダめがけ、兎とリスの氷獣たちが飛びついていく。小さな氷獣たちがオルダの体にぶつかると、やっぱり雪玉みたいに砕け、その熱を奪いながら消えていく。

白い霜に覆われ、凍り付いたオルダは仰向けに倒れる。その衝撃で、バラバラに砕けた。

さすがに笑えない。

明日は我が身どころか、このままだとすぐに同じ運命だ。

体、首、足首の三カ所にかかった三本の縄を、宙に浮かべた糸切りバサミで切断する。

それで縄目は逃れたが、そこで時間切れだった。

オルダを初めとする衛士たちは全員凍った肉と骨の残骸になり、残るはおれ一人だけ。

氷獣たちはぐるりとおれを取り囲んでいる。

打つ手なんてない。

裁縫術は針やハサミを手を触れず動かせるが、あくまで裁縫の効率や精度を上げるための魔法だ。動作速度も裁縫レベルでしかない。針と糸を矢みたいに飛ばすとか、ハサミをナイフ使いみたいに操って戦う、みたいなことはできない。

普通の魔物や人間が相手なら、針やハサミを死角からちくちくやるくらいのことはできるかも知れないが、氷獣っていうのは、命を持った吹雪みたいなものだ。工芸用魔法じゃどうにもできない。

判断が遅すぎた。

後先なんぞ考えずに店を飛び出し、街から逃げ出すべきだった。

それくらいなら、やれないことはなかったはずだ。

ぞっとするような静寂の中、猿の氷獣が、鼻を動かすような仕草をした。

気を失っている間に、おれは見慣れない上着を着せられていた。例の統治官の息子の上着のようだ。

その匂いに気付いたんだろう。

袖から腕を抜き、脱ぎ捨ててみる。

やはり、上着の匂いが気になっていたようだ。上着が地面に落ちると、猿の氷獣はまっすぐ上着に突っ込み、一息に引き裂いた。

それで満足してくれないかと思ったが、猿の氷獣はすぐにおれのほうに向きなおる。周囲には兎やリスなどの小型氷獣たち。

逃げ場がない。

どうにもできないおれ目掛け、猿の氷獣が襲いかかってくる。

その時だった。

そいつは、自由落下でやってきた。

前触れも脈絡もなく、ぎょっとするような勢いで降ってきたそいつは、猿の氷獣にでかい頭をぶつけて木っ端みじんに粉砕。そのまま自身も地面にたたきつけられた。

大地が揺れ、衝撃波が氷獣たちを吹き飛ばす。

落下点間近にいたおれも吹っ飛ばされ、地面を転がる。

「……なんだ!?」

眼を瞬かせ、改めて前を見る。

猿の氷獣を粉砕、小型の氷獣たちを吹き飛ばしたもの。

それは、金の毛皮の狼だった。

狼というより竜などを思わせる巨体。地面に倒れ込んでいるので体高はわからないが、体長でいうと十メートル、尻尾を入れると十五メートルくらいあるだろう。

意識して下りてきたのではなく、高空から墜落してきたようだ。

地面に足を投げ出したまま、起き上がろうとしない。

いや、起き上がれないようだ。

キュゥン、と弱々しい声をあげ、体を小刻みに震わせている。

墜落の衝撃で骨や内臓をやったのかも知れない。

声がした。

「ごめん、なさい」

狼の声だが、体のサイズからは想像のつかない、少女めいたトーンの声だった。

おれに詫びているらしい。

青い眼が、おれの姿を見ていた。

猛獣の目じゃない。

肉食の獣というより、涙目の子供を連想した。

「ケガ、してない？」

弱々しい、痛みをこらえるような声で、大狼は言った。

敵意のようなものは感じられない。

「大丈夫だ。助けてくれたのか……？」

「……落ちただけ、おなかが、痛くて……っ……」

巨大狼は発作でも起こしたように四肢と尻尾をぴんと伸ばし、金色の毛皮を逆立てた。

「……いたい……いたい、やだ、これ……いたい、いたい、いたいよう……」

その巨体、威容からは想像できない、いたたまれなくなるような声だった。

「おい、大丈夫か？」

声をかけたが、狼の耳には届かなかった。

「……いたい、たすけて、やだ……いたいぃぃぃっ」

巨大狼はそんな悲鳴をあげて苦悶し、転げ回り、最後は力尽きるように動かなくなった。

気を失ったようだ
なんなんだ、一体。

巨大狼の落下と大騒ぎに恐れをなしたのか、氷獣たちは森の奥に引っ込んでいるようだが、妙な成り行きになってきた。

氷の森のただ中で、腹痛に苦しむ巨大狼と二人きり。

放っておいて逃げるという選択肢はない。

氷獣たちはこの巨大狼を警戒し、距離を取っている。

離れたら死ぬと思うべきだろう。

それにこの狼は、氷獣や衛士たちより話が通じそうだ。

息を吹き返してくれれば、助けになってくれるかもしれない。

このまま狼が命を落とせば、おれも衛士たちと同じ運命だろう。

そんなことを考えながら、巨大狼の姿を眺める。

妙なものが見えた。

意識がないまま身もだえをしている狼の腹部に、不気味なものが浮かび上がっている。

長さにして三メートルはありそうな、蛇のような輪郭。

血管かと思ったが、違う。

もう少しスケールの小さなものなら、見たことがある。

「……ハリガネ？」

ハリガネと呼ばれる、ミミズに似た薄緑色の寄生虫。

植物に卵を産み、それを食った草食生物の体内に寄生する。火を通していない鳥や獣の肉を媒介に人の体に入り込むと、胃袋を食い破り、腹の中で這い回って地獄のような苦痛を与え、死に至らしめる。

ブレン王国では結構な数の人や動物を殺している厄介な生き物だ。大型のものになると、竜や巨人などを殺してしまうこともあるらしい。

巨大狼に歩み寄り、うごめく輪郭を観察する。

やはりハリガネのようだ。

サイズは違うが、おれも腹を食い破られて死にかけたことがある。

普通なら死んでるところだったが、養父が助けてくれた。

おれの腹をハサミで割いてハリガネを取り出し、腹の穴を縫い合わせてくれた。

神業だったが、八十過ぎだった養父がこなしていい仕事じゃなかったんだろう。それから一月もしないうちに、養父はこの世を去った。

だから、やり方を習ったりはしていない。

やれるだろうか。

狼の腹を切り開いて寄生虫を引っ張り出し、胃袋に開いてるだろう穴を縫い合わせてやる。

上手くやれるかどうかわからないし、それをやって狼が回復するかどうかもわからない。

そもそも腹を切り開いている最中に狼が眼を覚ましたりしたら、怒りを買って食い殺されかねない。

攻撃的な気性ではなさそうだが、いきなり腹を切り裂かれたらさすがに怒るだろう。

やるべきか、やらざるべきか。

考えあぐねつつ、手の中の糸切りバサミを回す。

そこに、声が降ってきた。

「……まだ、いたの？」

「気が付いたか？」

「……うん」

気が付いたとは言っても、朦朧としているようだ。ぼんやりした声だった。

「……かえったほうが、いいよ？　ここ、あぶない……」

「わかっちゃいるが、帰るのも危ないんだよ。一人で動いたら氷獣に殺られる」

「……じゃあ、わたしの毛、すこしあげる……わたしは、震天狼《バスターウルフ》だから。まものなら、それで……」

魔除けになるって話だろうか。

「親切だな、赤の他人に」

「……へん？」

震天狼《バスターウルフ》は不思議そうな、眠たげな調子で言った。

また意識が途切れかけているのかも知れない。

「……いや、変ってわけじゃ……」

いい返答の仕方がわからなかった。純真というか、無邪気な言い草だ。斜に構えて、皮肉っぽい受け答えをするのもばからしく思えた。

「腹の具合は？」

「……わからない、しびれてて」

感覚がなくなってきているのかもしれない。

「さわっていいか？」

返事は待たずに足を踏み出し、狼の腹に触れてみる。

「さわったの、わかるか？」

「……わからない……」

好都合かもしれない。

裁縫セットから金属板を一枚取り出す。糸切りバサミじゃなく布切り用の携帯バサミだ。パズルみたいに組み合わされた部品を組み替えることで、四角い金属板が小ぶりの布切りハサミに変形する。

「おまえの腹なんだが、ばかでかい寄生虫が潜り込んでるのが見える。たぶん、鳥や獣の腹の中に住んでるハリガネっていう寄生虫だ。なにか、変な物を食った覚えは？」

「……コカトリス」

毒の息を吐く上に、石化の魔力まで持った鶏と蛇の混血みたいなバケモノだ。そんなものに取りついていた寄生虫なら、三メートルくらいまで成長してもおかしくない。

なに喰ってんだおまえ、と突っ込みたくなったが、今は呑み込んだ。

「たぶん原因はそれだろうな。おれも餓鬼の頃、露店の鳩にハリガネが入ってて死にかけたことがある」

「……たすかったの？」

「ああ、養父がおれの腹を切って、腹の中からハリガネを出してくれた」

「おいしゃさん？」

「いや、行商人だ。元仕立屋って言ってたが」

糸や織物などを主に扱う行商人だったが、頼まれると服や靴なども作っていた。

「それで……変な提案なんだが、切っていいか？　おまえの腹」

我ながらひどい言い回しだ。

「きって……ハリガネを？」

「そうだ。胃袋にも穴が開いてるはずだからそっちもなんとかしたいが」

こっちのほうが難度が高いだろう。寄生虫のほうは表皮近くに這い上がってきているので切開と縫合のイメージが頭にあるが、胃袋はどこに穴が開いているのかもわからない。

「……そっちは、へいき。もうなおってる」

「麻痺してるだけじゃないのか？」

「……おなかやぶれたの、はじめてじゃないから」

語り口がふわふわしてるわりに、物騒な暮らしをしていたんだろうか。

コカトリス食ってる時点で相当物騒な生活というか、生態なんだろうが。

「きって、いいよ……でも……」

「でも」の続きは、聞けなかった。

「大丈夫か？」

そう聞いたが、返事は戻ってこない。

また気を失ったようだ。

気を失った狼の腹では、今も寄生虫がうごめいている。

長細い体が少しずつ縮んでいっている。体の深いところに潜ろうとしているようだ。

肉や内臓の奥に入り込まれると手が出せなくなってしまう。

裁縫セットから待ち針を一本抜き、指ではじくように飛ばした。

裁縫術で強化、誘導した待ち針は狼の腹の皮をぷすりと貫き、寄生虫の尻尾に突き刺さる。

待ち針の長さは五センチ足らず。三メートルの巨大寄生虫を縫い止めるにはサイズ不足だが、魔力を込め、貫通力と仮止力《かりどめりょく》を強化してある。

待ち針は返しのついた銛みたいに食い込み、寄生虫の動きを封じ込めた。

とはいえ相手はミミズまがいの寄生虫だ。尻尾を捕まえても、その尻尾を切り離して逃げかねない。

さっさと引きずり出すしかない。

意識がないせいか、麻痺しているせいかはわからないが、狼は痛みを感じていないようだ。待ち針が突き刺さったときも、寄生虫がもがいている今も、反応を示していない。

二本の縫い針を裁縫術で宙に浮かべ、別に制御した糸を通す。

布切りバサミの刃を開き、投げた。

蝶みたいな速さで飛んだ布切りバサミが狼の腹の上を滑り、その皮を切っていく。

寄生虫の長さは三メートル程度。だが、三メートルも切る必要は無い。

狼の腹の皮を五十センチほど切り裂き、薄緑色の線虫の姿を露出させたところで、ハサミを手元に引き戻す。

糸を通した二本の縫い針を飛ばし、寄生虫の体内に潜り込ませた。体をちぎって逃げられないよう、糸で背骨を作るように針を通し、捕まえる。

コカトリスや巨大狼に寄生する生き物だけあって、生命力は相当のもののようだ。体の中を縫われた状態でも、寄生虫は激しくもがき、暴れる。

あとは気合いと根性。

手元に残した二本の糸を左右の手に巻き付ける。裁縫セットに常備している糸はごく普通の木綿糸だ。三メートルの寄生虫との綱引きに耐えられるような強度はない。

糸に魔力を通し、強度を上げる。

両足を踏ん張り、力の限り糸を引いた。

どれだけかかっただろうか。

体感的には二、三時間は格闘していたように思えたが、日の傾き方からみると、一時間もかかってないかも知れない。

ともかく、どうにか、やり遂げた。

寄生虫の体が狼の体から抜け落ちる。

悪い冗談みたいなサイズの巨大ハリガネ。

絶命したようだ。地面に落ちた寄生虫は、それ以上動くことはなかった。

息をつき、握りしめた拳を開く。

強化した糸を直接手に巻き付け、巨大ハリガネと引っ張り合いをやったせいで、ズタズタで血みどろだ。肉どころか骨まで見えていた。

と、他人事みたいに言ってみたが、正直深刻に痛い。

手だけじゃなく頭まで、鼓動に合わせてずきずき痛む。

だが、まだ仕事は終わってない。裁縫術で三本目の針を浮かべ、糸を通して飛ばす。まだ意識の戻っていない狼の腹の傷口を縫い合わせてふさぐ。

それで完全に、気力と魔力が尽きた。

裁縫術はあまり魔力を使わない魔術なんだが、おれの魔力は一般人の平均くらいらしい。ちゃんとした魔法使いの一割もない。

手が痛い。

頭が痛い。

悪寒と虚脱感がひどい。

最後の力を振り絞って巨大ハリガネを蹴り飛ばし、狼の側に座り込む。

あとは、狼が目覚めるのを待つだけだ。

狼が動かないと気付いているようだ。氷獣たちはまだ積極的に近づいては来ないが、ちらちらと姿を見せるようになっていた。

まずい状況だが、これ以上できることはない。

じたばたしても仕方がない。

とにかく手と頭が痛い。

休憩だ。

地面に寝転がり、両手を広げた。

震天狼《バスターウルフ》が目覚めると、腹に違和感があった。

軽い痛みと、引きつったような感覚がある。

だが、あの滅茶苦茶な食あたりの痛みに比べれば、大した痛みではない。

あそこまで痛い思いをさせられたのは猛毒を持った地の始原竜《オリジンドラゴン》に腹を噛まれた時以来だ。

寄生虫《ハリガネ》こわい。

もう二度とコカトリスは食べるまいと心に誓う。

その寄生虫《ハリガネ》は、動かなくなって地面に転がっている。

震天狼《バスターウルフ》のそばには、さっきの人間がぼろぼろで寝そべっている。両手は血みどろ、殴られていたのか顔が腫れ、口から血が出ている。

この人間が震天狼《バスターウルフ》の腹を切り、寄生虫《ハリガネ》を摘出、縫い合わせたようだ。

——なにそれ。

寄生虫《ハリガネ》の死体と人間、それと腹の縫合跡を再度見比べて、震天狼《バスターウルフ》は目を丸くする。

体を切られたのは、これが初めての経験だった。

始原竜《オリジンドラゴン》の牙にしても先端部分が貫通しただけだ。猛毒に内臓をやられ、苦しめられはしたが、皮を咬み裂かれるようなことは無かった。

今回の寄生虫《ハリガネ》にしても、柔らかい内臓を傷つけることはできても、強度のある腹の皮は食い破れなかった。

だがこの人間は、震天狼《バスターウルフ》の腹を切った上、縫い合わせた。

この人間が「切っていいか?」と言ったことは覚えている。

「きっていい」と答えたことも。

だが、震天狼《バスターウルフ》の体を切ることはできない。

そう言おうとしたところで、気を失っていた。

「すごい」

凄い人間だと震天狼《バスターウルフ》は感心し、尻尾を振った。

だが、凄い人間は弱り、気を失っているようだ。

魔力を使いすぎているようだし、あちこちケガをしている。

治すことにした。

凄い人間は震天狼《バスターウルフ》を寄生虫《ハリガネ》から助けてくれたのだから、今度は自分が凄い人間を助けないといけない。

治すのは簡単だ。震天狼《バスターウルフ》の体液に魔力を通すと、治癒の力を持つ。具体的に言うと「元気になれ」「治れ治れ」と思ってなめてやると、普通の傷はすぐに治ってしまう。

震天狼《バスターウルフ》は身を起こし、周囲を見回す。

ハリガネに食い破られた内臓は、既に自己治癒していた。

――まずい？

あまり意識していなかったが、氷獣の群れに囲まれている。

凄い人間と、自分を狙っているらしい。

氷獣に話は通じない。蒸発させたほうがよさそうだが、後回しにすることにした。

この一帯のボスである守護氷獣がまだ出てきていない。あとでまとめて潰したほうが簡単だろう。

うがいの代わりに軽く火を噴き、口の中を消毒する。少し冷えるのを待ってから、凄い人間の右手に鼻先を近づけた。

ボロボロの手や指をなめ、血の汚れを清めていく。

すぐに綺麗になった。

血の汚れがなくなり、肉や骨が覗いていた皮膚も元に戻る。

同じようにして左手も癒やしていく。頬もなめて腫れを取る。

あとは。

――口の中。

切れているし、歯も折れているようだ。治さなければならないが、体のサイズが違いすぎるので狼の舌はとどかない。

小さくなることにした。

「変化《ぽりもるふ》」

震天狼《バスターウルフ》がそう呟くと、大狼の姿は蜃気楼のようにかき消える。

入れ替わりに、一人の少女が現れた。

年の頃は十二、三ほど。黄金の髪、青い瞳に白い肌。

震天狼《バスターウルフ》のそれをそのまま縮小したような、ふさふさした尻尾を生やした、幻のように美しい少女だった。

服は着ていない。

上から下まで素裸だ。

金色の尻尾をゆらして足を踏み出した少女は、まだ意識が戻っていない人間の上に、そっとおおいかぶさる。

腰まである髪を片手で掻き上げ、ピンク色の舌を少し出す。

顔を近づけ、唇を重ねた。

そのまま深く舌を差し入れ、口の中の傷、折れた歯などに舌先を触れさせ、癒やしていった。


目が覚めると、大狼《たいろう》がおれを見下ろしていた。

「だいじょうぶ?」

そんな声が降って来た。

おれが気を失っている間に目を覚ましたようだ。腕枕や膝枕ならぬ尻尾枕のような格好で、ふさふさした尻尾をおれの頭の下に回している。

「ああ」

大丈夫だと言おうとして、何か噛んだ。

小さな石のようなものが、口の中にいくつも転がっている。

口に手を当て、吐き出してみる。

石のようなものの正体は、大量の人の歯だった。

って……。

おれの歯か、これ。

ぞっとしつつ、口の中を探る。

いや、ちゃんとあるな、おれの歯。

綺麗に全部生えそろっている。

いや待て。やっぱりおかしい。

オルダに殴られて折れたはずの歯まで生えていた。

「なにか、したのか？」

「なめた」

狼は舌先をちょこんと出した。

「ケガしてたから」

そう言われて気が付いた。ズタズタになっていたはずの両手が綺麗になっている。

唾液に薬効でもあるんだろうか。

「くさい？」

「……いや」

変な匂いのようなものは感じない。

「口の中も？」

「うん」

それで歯が生え替わったって話……なんだろうな。

永久歯が全部生え替わったことになるが、そういうものと理解するしかなさそうだ。

『そのでかい舌をどうやっておれの口に入れた？』って疑問は、その場では頭には浮かばなかった。

「ありがとう、そっちの腹の具合は？」

痛がったり、ぼうっとしていたりはしないようだが、やはり気になった。

「もうへいき、ありがとう」

大狼は屈託ない調子で言うと、人なつっこい犬がするみたいに鼻先をこっちに近づけ、おれの額にくっつけた。

懐かれたんだろうか。

嫌な気分はしないが、和んでいられるような状況でもなさそうだ。

日は大分傾いている。周囲には小型の氷獣はもちろん、新しい猿、猪、馬などの姿の大型氷獣が姿を見せていた。

大狼に反応して集まってきたんだろう。

「空、飛べたりするか？」

飛んでいる場面を見たわけじゃないが、大狼は空から落ちてきた。飛べるのなら、空から逃げられるかも知れない。

「飛べるけど」

大狼はおれを立ち上がらせるように尻尾を持ち上げ、起き上がる。

「やっつける。ここにいて」

気負わない調子で言った大狼は金色の尻尾を一振りする。

それに呼応するようなタイミングで、氷の森の奥、イベル山の向こうから巨大な氷獣が姿を現した。

四足歩行。頭の高さは五十メートルくらいありそうだ。広げた鳥の翼みたいな形の角を備えたカモシカ型の大氷獣。

対する狼の頭の高さは五メートルくらい。十倍以上の体格差がある。

「守護氷獣？」

氷の森全体で千体程度存在すると言われる上位の氷獣だ。地域の管理者のようなもので、縄張り内に強力な外敵が現れた時に、それを迎撃する役割を担っているらしい。

人間にとっては死と破壊の神のような存在だ。「いい子にしないと守護氷獣が来るよ」的な扱いである。

なんにせよ、まずい。

「逃げろ！」

大狼が強力な生物であることは想像に難くない。

しかし、おれたち人間にとっては、守護氷獣は死と破壊、破滅と絶望の象徴のようなものだった。

あらがえる生物などいない。

おれはそう思っていた。

そう思い込んでいた。

だが大狼は、ためらわずに動いた。

まっすぐ。

おれの想像を遙かに超えた速度で氷獣たちと氷霊樹をなぎ倒して駆け抜け、イベル山の中腹あたりに陣取った守護氷獣とすれちがう。

金の尻尾がふわりと揺れた。

大狼のスピードについていけなかったらしい。守護氷獣は後方に駆け抜けた大狼に二呼吸遅れで向き直った。頭の角を氷の槍のように変形させて伸ばし、さらに口から猛烈な冷気を吐く。

大狼を貫き、凍り付かせようとしたのだろうが、届かない。

氷の角も、死の冷気も、大狼の体から立ち上る陽炎のようなものに触れると一瞬で蒸発し、消し去られる。

全身から、太陽みたいな熱を放っているようだ。

大狼は直接守護氷獣には触れていない。

代わりにイベル山の山肌、守護氷獣のすぐそばに、足跡を一つ残していた。

泡立ち、赤く、黄色く輝く岩漿《マグマ》の足跡を。

次の刹那。

大狼の足跡から、天を突くような火柱があがった。

巨塔みたいな岩漿《マグマ》の柱。

それは大狼が、イベル山の地下に眠っていた岩漿《マグマ》を引き寄せ、地表に吹き上げさせたものだった。

大地が激震し、灼熱の風が荒れ狂い、火山弾と土石流が氷獣たちと氷霊樹の森を打ち据え、消滅させていく。

山肌が隆起し、流れ出した岩漿《マグマ》が氷の森を焼き、押しつぶして広がりはじめる。

守護氷獣の半身が溶け、蒸発し、消えていく。

こうなると、一瞬で消滅しなかったことを評価するべきかもしれない。

他の氷獣たちは、すでに消えてなくなっていた。

守護氷獣は頭部を巨大な杭のように変え、大狼めがけて突進する。

大狼は、その場から動かない。

代わりに金の糸のような光線を口から放った。

岩漿《マグマ》すら蒸発させる、灼熱の光線。

それは守護氷獣を正面からとらえて貫通、一瞬で消滅させると、その後方の地面を貫いた。

勢い余ったらしい。

地表に触れた光線は、巨大な光熱のドームに変わり、大地にすり鉢状の大穴《クレーター》を作っていった。

「……なんなんだ、いったい」

凍てついた死と恐怖の領域だったはずの氷の森が、今や黒煙と溶岩まみれの火炎地獄。普通ならおれも熱風やガスで死んでいる場面だろうが、どういうわけかなんともない。

大狼の唾の作用で、熱やらガスやらへの抵抗力が跳ね上がっていたと知ったのは、もう少し先の話である。

一帯を炎と溶岩の地獄に変え、全ての敵対者を消滅させた大狼は、岩漿《マグマ》の上をのんびり歩いておれの側に戻って来た。

「終わった。乗って」

人なつっこい調子でそういうと、尻尾を振りながら体を低くした。

おれを背中に乗せた大狼は、当たり前のように空高く駆け上がる。

「……なんだこれ」

黒煙の届かない高空から氷の森だったエリアを見下ろし、改めてつぶやく。

イベル山を覆った雪化粧は綺麗に溶け消え、山の形が変わっている。噴火が起こった場所が盛り上がって新しい火口ができあがり、そこから流れ出した岩漿《マグマ》が扇状に広がり、周辺数キロの範囲を焦土に変えていた。

氷獣を蹴散らす、氷の森を焼くところまではともかく、山肌から岩漿《マグマ》を吹き上がらせて火口を増やす。

斜め上すぎだ。

「加減したから、もう広がらないはず」

「逃げたほうが良かったんじゃないか？」

この戦闘力なら逃げるのも簡単だっただろう。

「逃げると、ねらわれると思ったから。ええと……あなたが」

言いたいことは、わからなくもない。

氷の森は執念深い。森を怒らせて街に逃げ込んだ奴が、結局街中で凍って死んでいた、なんて話は珍しくない。

「こんな真似したら余計狙われるんじゃないか？」

「これくらいしないと、あきらめてくれないから。あきらめないとまずいって思わせるの」

怒らせないんじゃなくて、圧倒してねじ伏せるって発想のようだ。

「……そうか」

どっちにしても、やってしまったことだ。大狼の計算通り行ってくれることを願うしかないだろう。

この狼に出会わなければ、おれは氷獣に砕かれて、森の一部になっていたはずだ。

それと。

「カルロだ」

「かる？」

「カルロ、名前だよ」

名乗ってなかったはずだ。

「カルロ」

大狼はおれの名前を繰り返したあと、自分も名乗った。

「わたしはルフィオ。震天狼《バスターウルフ》のルフィオ」


震天狼《バスターウルフ》のルフィオは、おれを送る気満々だったが、さすがにこのサイズの送り狼が市街地に来るのはまずい。ゴメル北側の町外れで背中から下ろしてもらう。

「ありがとう」

「どういたしまして」

金の尻尾を振ったルフィオは「そうだ」というと、こっちに尻尾を差し出してきた。

「わたしの毛を少し切って、持ってて。あとで遊びに来やすいように」

遊びに来る？

「おれのところに？」

「だめ？」

大狼は首をかしげる。

「だめとは言わないが。でかいからな、おまえは」

懐いたというか、好意を持って言ってくれていることはわかる。嫌な気分じゃないが、体長十メートルの巨大狼に押しかけてこられても対応は難しい。

「大きくなければ、平気？」

「小さくなれるのか？」

守護氷獣を瞬殺、一匹で氷の森を炎上させるどころか、噴火を起こして山の形を変えてしまうようなやつだ。体のサイズの調整もできるんだろうか。

「変化《ぽりもるふ》」

震天狼《バスターウルフ》の姿が揺らいで消える。

代わりに、金色の髪と尻尾の少女が現れた。

素っ裸で。

「これなら平気？」

尻尾人間の姿になったルフィオは青い目でおれを見上げる。

「待て」

おれは自分の目元を押さえた。

「だめ？」

「服装、いや、服装以前だ。服を着てないのがダメだ」

基本が狼だからか、裸はまずいという感覚がないらしい。

とりあえず、おれが着ていたシャツを羽織らせた。

裸の少女に、オーバーサイズの白のシャツ。かえって危うげになった気もする。

ため息をついたとき、気が付いた。

氷獣たちに囲まれている時は気にしている余裕がなかったが、ひとつ、不可解なことがあった。

「おまえ、どうやって治した？　おれの口の中」

手の傷や顔の腫れは普通になめて治したんだろうが、口の中はそうもいかないはずだ。

「口の中？」

小首を傾げて言ったルフィオはおれの側に歩み寄ると、ひょいと背伸びをした。

小さな唇が、おれの唇に触れる。

柔らかい感触が、舌先に触れていく。

ルフィオの舌の感触。

「こんな感じ」

特別なことをしたとは思っていないのだろう。

絶句したおれから体を離し、ルフィオは屈託ゼロで尻尾を振った。

第二章　潜伏暮らしと死神《グリムリーパー》

アスガル魔王国は、氷の森やブレン王国のあるタバール大陸の東方に位置するアスガル大陸を統一支配する王国である。

竜族、鬼族、獣族、妖精族、巨人族、不死者などを国民とする多種族混成国家であり、魔物の国などと呼称されている。

本来融和が難しく、目を離すとすぐ世界征服を企てたり、邪神を復活させようとしたり、秘密結社を作ったり、女騎士を捕まえたりしようとするものたちを圧倒的な戦闘力を持つ魔王、そして魔王直属の魔騎士団の武力で従え、束ねあげる武力主義国家。

腕力主義、喧嘩主義、などと言われることもある。

国是は弱肉強食、ではなく竜虎相搏《りょうこそうはく》。弱者を食い物にすることは恥ずべきことだが、闘争は善。特に強者に戦いを挑むことは最高の誉れ、そんな精神的風土を持っている。

そのため上では謀反に内乱、下では喧嘩や乱闘沙汰が日常茶飯事という無軌道さを持ちながら、魔王と魔騎士団の圧倒的な戦闘力によって一定の秩序と繁栄、奇妙な長閑《のどか》さが保たれ続けているというおかしな国である。

アスガル魔騎士団最精鋭、七黒集の第二席『貪欲』のサヴォーカは魔王アルビスの呼び出しを受け、王都ビサイドの王宮に足を運んでいた。

かすかに紫がかった黒髪と、同色の瞳。黒鋼の鎧、漆黒のマントにブーツ、手袋。黒騎士の見本のような装束に身を包んだ少女騎士である。人間で言うと十五、六くらいの年頃に見える。

今回の会見場は謁見の間や魔王の執務室ではなく、サヴォーカが所属する七黒集の会議場となる円卓の間だ。

魔王アルビスは元々七黒集の一員であり、今も第七席『怠惰』を兼任している。七黒集のメンバーのみを相手にするときは、円卓での会談を好んだ。

円卓の間に入ると魔王アルビス、もしくは『怠惰』のアルビスは円卓、ではなく、円卓の間の脇のバルコニーで七黒集の第一席『傲慢』のムーサと茶を飲んでいた。

アルビスは金色の髪、赤と黒の衣装を纏い、王冠を身につけた、小柄で中性的な男である。外見年齢は人間で言うと十歳前後。少年族《ハーフリング》なので、実年齢としては成人しており、妻帯もしている。

アルビスと向き合っているのは白い蛇皮のジャケットを纏った、身長三メートルのオークの美青年ムーサ。

細身で筋肉質。緑がかった肌と長い髪。端正な顔立ちに穏やかな雰囲気の持ち主である。

「おはよう、サヴォーカちゃん」

ムーサはいわゆるオネェ口調で言い、白い歯を見せた。

「おはようであります、ムーサ殿、アルビス殿」

円卓の間では七黒集は全員同格。魔王アルビス本人を含め、呼び順や殿呼ばわりを咎める者はいなかった。

「来たか」

サヴォーカに目を向けたアルビスはティーカップを下ろして言った。

少年族《ハーフリング》は見た目は成長しないが、声変わりをする。人間なら三十代以上と言っても通じそうな声音だ。

「これで全員だな。そろそろあがってこい、ルフィオ」

アルビスはバルコニー下の庭園に寝転がっている大狼に声をかける。

目を開けたルフィオはそのまま空中に駆け上がると、少女の姿に変わってバルコニーに降りた。

全裸はいつものことである。

「はい、万歳して。いい子ね、次は足を上げてちょうだい」

ムーサが部屋に常備しているルフィオ用ワンピースを着せ、サンダルを履かせた。

円卓の間に集まった七黒集のメンバーは第一席『傲慢』のムーサ、第二席『貪欲』のサヴォーカ、第六席『暴食』のルフィオ、第七席『怠惰』のアルビスの四者。

第三席『嫉妬』、第四席『憤怒』、第五席『姦淫』の三者は不参加である。

部屋の黒板に第三席〈出張〉、第四席〈休〉、第五席〈休〉と記されている。

シフト制、週休二日半というのが七黒集を初めとする魔騎士団の基本労働形態だ。七者が一堂に会するのは式典の時くらいである。

一応一席から七席と言う席次はあるものの、意味合いとしては点呼の順番程度のもので、七黒集同士の等級差はない。

ムーサ、サヴォーカ、ルフィオ、アルビスの四者が円卓の席につき、アルビスが話を切り出す。

「タバール大陸のブレン王国で、興味深い人材が見つかった。身辺調査と評価をしたい」

「どんな人材？」

ムーサが訊ねる。

「出くわしたのはルフィオだが、古着屋だそうだ。ただし、震天狼《バスターウルフ》の腹の皮をハサミで切り、針と糸で縫う」

「どういうことでありますか？」

サヴォーカは震天狼《バスターウルフ》のルフィオの顔を見た。

震天狼《バスターウルフ》の皮は、世界最高強度の獣皮だ。刃物の類は魔剣も聖剣も、オリハルコンやヒヒイロカネさえ受け付けない。先代魔王の従者として地の始原竜《オリジンドラゴン》と戦ったとき、その牙がかろうじて通った程度だ。先代魔王や七黒集のメンバーでさえ、切り裂くことはできない。

「おなかを切って、寄生虫を取ってくれたの」

ルフィオはワンピースの裾に手を掛ける。

「たくしあげずともよいであります」

腹を出そうとする同僚をサヴォーカが制止する。

「今度は何を食べたでありますか」

「コカトリス」

ルフィオは食への好奇心が強い。口に入って噛み砕けそうなものならとりあえず食べてしまうという習性がある。先代魔王から、イカやたまねぎの類、喋る生き物は食うなと躾けられているが、他はほぼ見境なく捕食する。

「見た目でだめとわからなかったでありますか」

ため息まじりにそう呟く。

「ごめんなさい」

やらかしたという自覚はあるようだ。ルフィオは珍しく神妙な調子で言った。

「タバールには、なにかの任務で？」

ムーサが訊ねる。

「いや、散歩中に迷い込んだらしい」

別大陸に散歩中に迷い込むものなのか、という指摘はない。迷い込むのが震天狼《バスターウルフ》である。タバールとの大陸間移動程度なら三十分もかからない。

「そこで食あたりを起こしてタバール大陸の氷の森に墜落、古着屋のカルロと名乗る男に接触。さらに現地の氷獣と交戦、一帯を焼き払ったそうだ」

「また派手にやらかしちゃったみたいね」

ムーサは微苦笑する。

「問題になる恐れは？」

「タバール大陸とは交渉がないからな。さして困ることはないだろう。問題は、ルフィオが出会ったカルロという男だけだ。震天狼《バスターウルフ》の腹を切るような人物となると捨て置くことはできん。ホレイショの関係者の線も考えられる」

「あの男の変名ってことかしら？」

「年齢が合わない。古着屋カルロは若い男だったそうだ。ホレイショは、若返りや不死に興味を持つ男ではなかった。あるとすれば、親族や弟子の線だろう。ハサミで震天狼《バスターウルフ》の腹を切るような奴が、ホレイショの関係者以外に存在するとは考えにくい」

アルビスはそこまで言うと、サヴォーカに目をやった。

「サヴォーカ。古着屋カルロの調査はおまえに頼みたい。背後関係と技術、人格を探り、見定めて欲しい。抹殺すべき危険人物なのか、それとも、我が国に迎え入れるべき人材なのか」

『抹殺』のところで、ルフィオがすっと目を細めた。それ以上の動きは見せなかったが、剣呑な気配を感じた。

――きなくさいことになりかねないでありますね。

抹殺、という結論が出た場合、ルフィオは魔王国、七黒集に牙を剥くだろう。

別段おかしな話でも、間違った行動でもない。意見対立を戦いで解決するのは、アスガルでは当たり前のことだ。

だが、七黒集同士の激突となると、そう簡単には引き起こせない。

特にルフィオはまずい。広域破壊、対地攻撃能力では七黒集最強。ビサイドどころかアスガル全土を焼き尽くしかねない。

——丸く収まればいいでありますが。

ハト派を自認するサヴォーカは、内心でため息をつく。

「断っても構わんが」

「いいえ、お受けするであります」

古着屋カルロ。

個人的にも興味を引かれる人物だ。

もしかすると、サヴォーカが探していた相手かも知れない。


スルド村のルルは八歳。生まれた時から体が弱かった。

なにかあるとすぐに熱を出し、ベッドから動けなくなる。それでも何日か寝込めば回復し、簡単な家の手伝いくらいはできたが、冬に流行病にかかった。

家族の必死の看病で、一命は取り留めた。

だが、看病疲れからだろう、ルルの母は命を落とした。

ルルも衰弱し、ベッドから出られなくなった。

一人で仕事をし、一人で娘の看病をすることになった父も消耗し、やつれていった。

まるで疫病神だった。

自分が病で苦しむだけならともかく、母を死に追いやり、父を追い詰め、責めさいなんでしまっている。

——もう、生きてちゃいけない。

いつしかルルは、そんな思いに取り憑かれるようになった。

だが、自死に踏み切ることもできなかった。舌をかみ切って死ぬ、首を吊る、といったアイディアは浮かんだが、自分の亡骸を見つけたときの父親の反応を思うと、実行できない。

——はやく死ねますように。

そう願いながら、目を閉じるようになった。

けれど、ひどい咳がでて、溺れるように目を覚ますだけだった。

その日もルルはそんな風に目を覚ました。

いつもと同じように。

いつもと違ったのは、耳慣れない声がしたこと。

「大丈夫か？」

ベッドの側に、見慣れない人影があった。

銀色の髪に赤茶色の瞳、やや鋭い目つきの若者。身なりは地味だが、綺麗な金色の獣毛を編んだブレスレットをつけていた。

「……だれ？」

かすれた声で訊ねると、また、ひどく咳き込んだ。

「水、いるか？」

目つきほど怖い相手ではないようだ。若者はそばにあった吸い飲みを取り上げると、ルルに水を飲ませてくれた。

人心地ついたルルの顔を見下ろし、若者は名乗った。

「おれはカルロ。エルバの……親父さんの手伝いをさせてもらってる」


イベル山噴火の混乱に乗じて店から裁縫道具と金品を回収、ゴメルを脱出したおれはブレン王国西部のスルドという山村に潜伏していた。

国外逃亡とまではいかなかったが、このあたりはゴメルの統治官ナスカではなく、ザンドール男爵という貴族の領地なので、追っ手がかかる心配が少ない。

スルド村は人口五十人足らずの小集落。年に一回徴税官が来る程度で、常駐している役人はいない。はっきり言うと僻地だ。

最初からここに逃げようと思っていたわけじゃないが、ザンドール男爵領に入ったところで、羊飼いのエルバという男に出くわした。

ゴメルで古着屋をやっていた頃の取り引き相手で、程度が悪く、買い手のつかない毛糸、羊毛綿《ようもうわた》など安く譲ってもらっていた。

おれが捕まったって噂を聞いていたらしい。エルバは「匿ってやるから仕事を手伝え」と持ちかけてきた。

エルバにはルルという八歳の娘がいる。このルルが病弱で、その上冬に流行った病で、エルバの奥さんが亡くなったそうだ。羊飼いは外でやる仕事だ。ルルの側に居る時間を取るため、人手が必要だったらしい。

逃亡犯の弱みにつけ込み、都合良く利用するつもりかも知れないと思ったが、これが案外人間らしい生活だった。

昼間は羊の番をして、夜は毛糸を紡いで過ごす。手間賃は雀の涙だが、強請《ゆす》りまがいの苦情、商品泥棒、地回りのチンピラや役人たちのショバ代請求やらに消耗させられていた古着屋商売に比べると、羊と糸車相手の生活は穏やかで悪くなかった。

潜伏先としちゃ上等なほうだろう。

ただ、ルルについては予断を許さない状況だ。

おれが来た時には、もうルルは寝たり起きたりの状態で、まともに話もしていない。一度水を飲ませてやり、カルロと名乗ったのが最初で最後だ。

母親と同じ流行病にかかって、一命は取り留めたが、それから衰弱し続けているらしい。

ここ十日ほどは熱も下がらなくなっている。

おれにできることと言えば、針仕事だけだ。

小さな村だから、エルバとルルの事情を知らない奴はいない。

エルバが変なよそ者を連れてきたことを知らない奴もいない。

村のあちこちで頭を下げて回って、売り物にならない羊毛綿と端布《はぎれ》を少しずつ分けてもらった。

羊毛綿は風で飛ばないよう桶に入れ、網をかけて日にさらす。

端布は綺麗に洗って干してから、程度のいい部分を四角いタイル形に切り出し、羊の番の傍ら、大きな長方形になるよう縫い合わせていった。

夕暮れが近づいた頃。

「なにしてるの？」

という声がした。

「布団を縫おうと思ってな」

そう答えてから、はっとして視線をあげる。

金色の大狼が空中に浮かび、おれの手元をのぞき込んでいた。

待て。

確かに来るとは言っていた。手首に巻いた尻尾の毛のブレスレットの匂いを追ってきたんだろうが、間と場所が悪すぎる。

こんなサイズの狼が飛んできたら羊がパニックに……なってないな。

羊たちは体長十メートルの巨大狼の出現に気付かない様子で、のんびり牧草を食んでいる。

声を掛けられるまで、おれもまったく気付いてなかった。

気配を消しているとか、そういうアレだろうか。

空中の大狼の姿がゆらいで消える。

入れ替わりに、二人の少女が姿を見せた。

一人は金髪に青い瞳、金の尻尾を生やした裸の少女、ルフィオ。

もうひとりは、はじめて見る顔だ。

軍服のような衣装、黒い手袋をはめた十五、六くらいの少女。

紫がかった黒髪に同色の瞳。男装だが、ルフィオと同じく人間離れした美少女だった。

ルフィオと一緒に現れたことから見ると、ルフィオ同様魔物の類と見るべきだろう。

ただ、ルフィオと違って社会常識は心得ているようだ。

「突然お邪魔して申し訳ないであります。少々お待ちを」

風変わりな口調でそう告げた少女は手にしていた旅行カバンから東方の浴衣《ユカタ》風の衣装を出し、全裸のルフィオに着せた。

その後改めておれに向き直り、一礼をした。

「失礼いたしました。私の名はサヴォーカ。友人のルフィオを助けていただいたお礼かたがた、ご挨拶とお仕事のご相談に参上したであります」

「仕事？」

「はい」

サヴォーカさんは首肯する。

「カルロ殿は震天狼《バスターウルフ》であるルフィオの腹を切り、縫い合わせたとうかがったであります。尋常ならぬ業前の持ち主とお見受けしているであります」

どうにも唐突で、話の脈絡が読めないが、からかいに来たわけではないようだ。

目も声も表情も、生真面目なものだった。

「なにか作れということでしょうか？」

容姿でいうとおれの方が年上っぽいが、客ということになりそうだ。商売用の口調で言った。

「よろしければ、この織物を見ていただきたいであります」

サヴォーカさんはカバンから木の軸に巻いた黒い織物を取り出した。

「お預かりします」

作業中の布地を足もとに下ろし、織物を受け取る。

なんだこれ？

雰囲気は絹に近い。だが絹より繊維が細く、冗談みたいに軽い。恐ろしく薄いが密度が高く、太陽に向けても光を全く通さない。どう見ても高級生地だ。思い切り引っ張ってみる度胸はなかったが、強度も相当以上にあるだろう。

「これは？」

一発で正体を見抜ければハッタリがきいてよかったんだが、さっぱりわからない。全く見たこともない、未知の繊維だった。

「アスガル大陸に棲息する吸血羊の毛織物であります」

「アスガルの吸血羊?」

魔物って言うんじゃないのか、それ。

アスガル大陸といえば、魔物の大陸とも呼ばれる人外魔境。

魔物の毛織物。

とんでもない珍品だ。

こんなものを持ってくるということは、二人ともアスガル出身ということだろうか。

「ハサミを入れてみていただきたいであります」

「どのくらいの大きさに?」

サヴォーカさんはおれが縫い合わせていたタイル形の布地に目を向けた。

「それでは、これと同じものを」

「わかりました」

指示通り、吸血羊の毛織物にハサミを入れてみる。物騒な名前の羊の毛だけあって、普通の毛織物のようにはハサミが通らないようだ。ハサミに魔力を通して裁断力を上げ、四角いタイル状に切り抜いた。

「これでいかがでしょうか」

そう言って顔をあげると、変な物が見えた。

サヴォーカさんの背後に、花のようなものが大量に浮かびあがっている。

菊のような花、タンポポやチューリップのような花、百合やバラのような花など、種類は様々。色は黒か白、あるいは灰色。

全て、幻か幽霊みたいに透けていた。

サヴォーカさん本人は自覚していないらしい、おれを怪訝そうに見返した。

「どうかなさったでありますか？」

「サヴォーカ、お花」

ルフィオが指摘してくれた。

それで自覚をしたようだ、後ろに視線を向けたサヴォーカさんは「あ」と声を上げた。

「……お恥ずかしいであります」

サヴォーカさんが赤面して言うと、半透明の花々はすっとかき消えた。

「眷属の冥花であります。感情が昂ぶると、時々出てきてしまうのでありますが、カルロ殿に害を成すものではないであります。どうかご安心いただきたいであります」

眷属。

子分、手下のようなもののことだろう。

花の幽霊のようなものを従えているとなると、サヴォーカさんは霊とか花の魔物なんだろうか。興味が湧いたが、いきなり正体を問いただすのも不躾かもしれない。自重することにした。

サヴォーカさんは気を引き締めるように頬をキリリとさせる。

「私とルフィオが暮らしているアスガル魔王国では、その布地を扱える職人がいなくなっておりまして」

やはりアスガル出身者らしい。

「長らく、カルロ殿のような職人を探していたのであります」

そう告げたサヴォーカさんの背中で、また半透明の花が咲きはじめる。サヴォーカさんの頬と口元も、かすかに緩んでいた。喜怒哀楽で言うと、喜の感情に反応して出てきているようだ。害はなさそうなので黙っておくことにした。

「扱える職人がいない？」

試しにもう一度、切りくずに裁縫術なしでハサミを入れてみる。

全然ダメだった。

薄く、しなやかで、途方もなく強靭だ。普通の職人の普通のハサミでは扱えないだろう。

「はい」

サヴォーカさんは首肯する。

「優れた布地でありますが、細かな加工をできる者がいないことから幻の織物となっているのであります。その生地は、私の実家に死蔵されていたものでありまして」

「裁断はできているのでは？」

それができなければ、今のロール状にもできないはずだ。

「大雑把な裁断であれば、魔法や特殊な斧を使うことで可能でありますが、人間サイズの衣服を縫製するようなことは難しいのであります」

微笑して言ったサヴォーカさんの背後で、花がどんどん増え、咲き誇っていく。上機嫌のようだ。

尻尾を振り回すルフィオよりわかりやすいかもしれない。

「早速でありますが、仕事のご相談をさせていただきたいであります」

サヴォーカさんは満開の花を背負って言った。

喜んで、と言いたいところだが。

「申し訳ありませんが、急ぎの仕事を片付けなければならないもので」

評価してもらえるのはありがたいことだが、タイミングが悪い。

「そうでありますか」

サヴォーカさんはしゅんとする。満開だった花がすっと薄れて消える。

「遊べない？」

ルフィオも尻尾を落とす。

「そのへんにいるぶんにはかまわないが。遊んでやるのは今は無理だな」

そもそも何をして遊ぶ気だ。

「なにしてるの？」

ルフィオがおれの足もとの四角い布の山を見る。

「布団を縫ってる。居候先の家の娘が病気で伏せっててな。容態が悪いんだ。今日の内に寝床くらいはマシにしてやりたい」

話を聞くくらいならできなくもないが、今はこの作業に注力したい。

「なめる？」

ルフィオは小さく舌を出した。

「治せるのか？」

「ケガならなおせるよ。病気は……どうかな」

ルフィオはサヴォーカさんのほうを見た。

「病の性質によるであります」

サヴォーカさんは気を取り直したように言った。

「見せていただくことは可能でありますか？」

「ええ、その程度なら大丈夫です」

寄生虫《ハリガネ》に苦しんで墜落してきたルフィオだが、おれのケガや折れた歯を治してくれた。

ルルにとっても、助けになってくれるかもしれない。

幸い日暮れ前、ちょうど羊を戻す時間だ。羊たちを柵に戻したおれは、ルフィオとサヴォーカさんを伴って居候先のエルバとルルの家に入った。

病に伏せっているのはルルだが、一人親で看護をしているエルバのほうも消耗、憔悴している。エルバはテーブルに突っ伏し、ぐったりと眠り込んでいた。

起こして許可を取るのも面倒だ。ルフィオとサヴォーカさんを連れ、ルルの部屋に忍び込む。

藁のベッドの上のルルは八歳。生まれつき体が弱かったらしく、赤毛は白髪交じり、体格も小柄で細すぎる。額に汗をうかべながら、ひゅうひゅうと苦しげな息をしていた。

「肺を壊しているでありますね」

ルルの枕元に歩み寄ったサヴォーカさんは、静かな表情で呟いた。

「なめる?」

ルフィオが舌を出す。

「いえ」

サヴォーカさんは首を横に振った。

「ここまで衰弱していては、ルフィオの唾液では力が強すぎるであります。もっと緩やかに力を注がなければならないであります」

「死んじゃうよ?　このままじゃ」

ルフィオは救いのない言葉を口にした。

「いい考えがあるであります」

「いい考え?」

ルフィオは首を傾げて尻尾を揺らす。そのあと「だれか来た」と呟いた。

「この時間なら、ウェンディ婆さんかな」

病弱なルルを一人親で見ているエルバ一家を心配し、食事などの世話をしにきてくれている婆様だ。悪人じゃないがルフィオたちと鉢合わせをすると面倒だ。部屋の窓から抜け出し、おれが寝起きしている離れの小屋に避難した。

ルフィオの言った「だれか」はやっぱりウェンディ婆さんだった。テーブルに突っ伏したエルバに「大丈夫かい?」と声をかけるのが聞こえた。

「せまい」

おれの小屋に入ったルフィオは遠慮無くそう言った。

まぁ事実だ。小屋の中には藁のベッドに木の椅子、羊毛を紡ぐのに使う糸車。来客なんて想定していなかったから、どこにどう座らせるか考えたが、考えている間にルフィオは藁のベッドの上に陣取って尻尾をゆらしていた。

木の椅子の方に座ってもらったサヴォーカさんは、旅行カバンから白い亜麻の布地を出した。

どうやって入ってたってツッコミたくなる大きさだ。

「ルル嬢の寝具に、これを使っていただきたいであります」

「特別な生地なんでしょうか」

見た目と感触からすると、上質で清潔な一級品だが、吸血羊の織物のような特殊な生地ではないようだ。

「いえ、ただの亜麻布であります」

「こう程度のいい生地となると、対価をお支払いできないのですが」

おれやエルバの稼ぎで買えるようなものじゃない。

「金銭は必要ないであります」

サヴォーカさんはおれの目を見る。

「対価として、カルロ殿の腕前を見せていただければ」

「さっきも言いましたが、今は仕事は」

「承知しているであります」

サヴォーカさんは穏やかに言った。

「ルル嬢の寝具を作る仕事に、口と材料を出させて欲しいのであります。カルロ殿の腕前が私の見込んだ通りであれば、ルル嬢を助けることにもつながるはずであります」

「ルルを助ける？」

「ルフィオの治癒力を寝具に込めるのであります。直接ルフィオの魔力に触れさせるのは危険でありますが、寝具を媒介にすれば、丁度良い塩梅にできるはずであります。いかがでありますか？」

そういう話か。

「わかりました」

ルフィオが口にした通り、このままではルルの余命はわずかだろう。きちんとした医者に見せたり、いい薬を用意できれば違うかも知れないが、そんなのは、平民には許されない贅沢だ。

だが、サヴォーカさんとルフィオが現れたことで、チャンスが生まれた。

この機会を見逃し、ルルが命を落とせば、できることをしなかったという余計な後悔を背負い込むことになる。

断る手はないだろう。

カルロが作業に取りかかった頃、スルド村の老婆ウェンディは衰弱を続ける童女ルルの頭を撫でていた。

――ひどい話だよ、本当に。

自分のようなくそばばあがしゃきしゃき動いているのに、十にもならない子供がぼろぼろになって死にゆこうとしている。

なにもしてやれない自分が腹立たしく、やりきれない。

そんな自分をあざ笑うように、ウェンディは鼻を鳴らした。

――あたしが嘆いてたって、絵にも得にもなりゃしない。

やれることをやるしかない。

具体的にいうと、消耗しきっているルルの父親、エルバの腹に食い物を詰め込むことだ。

ともかく、食わなければ始まらない。

食わせなければどうにもならない。

ルルの部屋を出たウェンディは、芋とカブのスープを載せた皿をテーブルに置き、テーブルに突っ伏しているエルバを起こした。

「さっさと起きとくれ」

びくりとして目を開けたエルバに「ほれ」と匙を持たせる。スープをもう一杯ボウルによそい、居候のカルロの小屋に持って行く。

看病疲れとルルの容態悪化でエルバは陰鬱になっている。下手に一緒に食事をさせるとエルバの陰気が伝染したり、もめ事になりかねないと判断し、食事は別にとらせることにしていた。

小屋の前に立ち、ドアを叩く。

「坊や、メシだよ」

普段より少し間を置いて、カルロが顔を出す。

小屋の中から、普段と違う匂いがした。

日向の匂い。

干した洗濯物の匂いに似ていた。

「なにかしてたのかい？」

「あ、ええ」

カルロはなにか取り繕うような調子で言った。

「例の布団を縫っていました」

「そうかい」

村人から布地と綿を集めていたことはウェンディも知っているし、提供者の一人でもあった。

ウェンディは小屋の中を見回す。

なにかがいるような気がした。

「なにか？」

「なにかいるような感じがしてね。ネズミでも入り込んでるのかね？」

しゃがみこみ、ベッドの下を覗いてみたが、生き物は見当たらない。

「そうですか、あとで確認してみます」

カルロがそう言ったとき、ギシリと屋根がきしんだ。

「やっぱりなにかいるね」

ウェンディは小屋の外に出て、屋根の上を睨んだ。


「鳥か何かじゃ？」

内心で冷や汗をかきながら、おれはウェンディをなだめた。

ウェンディが嗅ぎつけた相手は今は小屋の上空に浮いている。高度を大きく取っているからわからないとは思うが、それでも肝が冷える。

ウェンディはふん、と鼻を鳴らした。

「今度ねずみ取りを持ってくるよ。絶対なにかいるはずさね」

捨て台詞のように言うと、ウェンディはエルバの家に戻って行った。

大狼の姿で避難していたルフィオ、その背中に乗っていたサヴォーカさんが戻ってくる。

ルフィオは狼の姿になると服が脱げる。少女の姿になるとまた全裸だ。裸のままウェンディのスープの匂いをかいだあと、顔を強張らせて後ずさった。

「どうした？」

「たまねぎ」

「たまねぎダメなのか」

犬はそうらしいが、震天狼《バスターウルフ》もだめなんだろうか。

それはそれとして。

「スープを威嚇するな」

一人で飯を食うのも気が引けたが、たまねぎが一緒に煮込まれている時点で芋もカブもだめらしい。

ルフィオはスープに手を出そうとしなかった。

サヴォーカさんも「お気遣いなくであります」と言って、旅行カバンから出した黒く四角い棒状のプティングをかじり、ルフィオにも分けていた。いわゆる血のプティングの一種のようだ。

ウェンディのスープを飲み、布団の縫製を再開する。

布団に治癒力を込めるため、ルフィオの尻尾の毛を少し分けてもらい、細かく切ったものを、中綿用に用意した羊毛綿に混ぜる。

ルフィオがふぅっと息を吹き込むと、綿全体が淡く、金色の光を帯びた。

「できた」

「すごいな」

治癒力云々はわからないが、上等とは言えなかった羊毛綿が、ふわふわと柔らかくなった。弾力もちゃんと残っている。

ルフィオは得意げに尻尾を振った。

できあがった金色の綿をサヴォーカさんに提供してもらった亜麻布の袋に詰める。

「できた？」

「まだだな、これだと綿が偏る」

長方形の袋に綿を詰め込んだだけじゃ、綿が偏ってしまって使い物にならない。今回は綿そのものに治癒力がこもっていると言う話だから、偏りは余計にまずいはずだ。

詰め込んだ綿をならしつつ袋を格子状に縫い、綿を三十の小部屋に縫い分けた。

キルティングと言った方がわかりやすいだろうか。

これで一段落だ。

「ふわふわ」

柔らかく膨らんだ亜麻布のキルティング部分を指でつついて、ルフィオが呟いた。

「わたしもこれほしい」

「おれも欲しいが、材料がな」

我ながらいい出来だが、サヴォーカさんの亜麻布、ルフィオの魔力を込めた羊毛綿に品質を依存しているので、再現性がない。

「折りを見てお願いしたいであります。生地などはまた用意するであります」

サヴォーカさんは手袋をした指で布団をつつきながら言った。

品定めをしているようだ。

評価が気になるところだが、背中の冥花が咲き誇っているところを見ると、とりあえず安心してよさそうだ。

次は布団のカバーになるシーツを縫っていく。

まずはサヴォーカさんの亜麻布で作ったが、この状態でルルのところに持って行くことはできない。さすがに高級生地すぎる。下手をするとまた盗品云々という話になりかねない。

もったいないが、おれが調達していた端布を上から縫い付けて偽装を施す。二重にするなら亜麻布のシーツは必要ないようにも思ったが、サヴォーカさん曰く、亜麻布にはルフィオが羊毛綿に込めた魔力を柔らかくする効果があるので外せないそうだ。

偽装シーツの中に布団を詰め込む。予定としてはこれで作業終了のはずだったが、金色の綿と亜麻布が余った。

ついでに枕も一つ縫った。

「こんなところか」

枕もなかなか良い出来だ。

「ご覧になりますか？」

サヴォーカさんに確認する。サヴォーカさんの目的は、おれの腕を見ることだ。

「いえ、そのまま持っていっていただいて結構であります」

サヴォーカさんは、冥花を背負って言った。

「カルロ殿の腕前は、充分確認できたでありますので」

「ありがとうございます。少し待っていてください」

そう言い置いて、おれはエルバとルルの家に布団と枕を届けに行った。


小屋を出て行くカルロの姿を見送り、サヴォーカはほうっとため息をついた。

背中の冥花は満開である。

「期待以上でありました」

震天狼《バスターウルフ》の皮、吸血羊の毛織物と言った特殊なものを裁断できることと、職人としての技量はまた別だ。亜麻布を提供し、寝具作りを手伝ったのはカルロの職人としての能力を見定めるためだが、期待を大幅に上回ってきた。

今サヴォーカが身につけている軍服風衣装のようなものを扱ったことはないようだが作業の精度が高く、手も早い。経験不足などは今後の研鑽、研究で充分補えるはずだ。

ベッドの上に腰掛けたルフィオは自分が褒められたようにぶんぶん尻尾を振った。

「連れて帰れる？」

「そうしたいところでありますが、今は時期尚早であります。お迎えするには、それなりのポストを用意しなければならないでありますし、ホレイショとの関係も確認しなければならないであります」

このまま連れて帰りたいというのは、サヴォーカも同じだ。できるなら専属の裁縫師として雇い入れたいところだが、下策だろう。アルビスが黙っていないだろうし、他の七黒集がどう動くかわからない。

成り行き次第では先代魔王が触手を伸ばしてくる可能性さえある。

カルロを迎え入れるならサヴォーカやルフィオ個人ではなく、七黒集や魔騎士団、あるいはアスガル魔王国という組織として招聘するべきだ。そのためには、アルビスや七黒集を説得する材料が必要になる。ホレイショとの関係を探りつつ仕事を任せ、アルビスたちを説得するための成果物を作らせていく。まずはそういう流れになるだろう。

「めんどくさい」

「カルロ殿は人間で、職人であります。落ち着いて仕事ができる環境作りや根回しをせずにお声がけをするのは失礼にあたるであります」

サヴォーカは、闘争の前に調整を考えるタイプだ。強引に物事を進めることは好まない。

「乱暴をするなであります」と言って闘争の当事者たちを横から武力鎮圧するタイプでもあるが。

「わたしが守るよ?」

ルフィオはなにも考えていないというか、気分屋だ。

特別闘争を好みもしないが、ためらいもしない。

喰う寝る遊ぶ、たまに戦う、程度の感覚で生きている。

その程度の感覚で、アスガル最強の一角を占めている。

「そういう問題ではないのであります。仕事をしている横で魔弾や斬撃波が飛んだり落雷や地殻変動や時空間変動が起きるようでは愛想を尽かされてしまうであります。戦って守るのではなく、戦いが起きない環境を作らなければいけないのであります」

そんな話をしているところに、カルロが戻って来た。

「おかえり」と尻尾を振るルフィオ、冥花を咲かせているサヴォーカの二人にカルロは「ありがとうございました」と告げた。

「どういたしまして」

「よい仕事をお見せいただいたであります」

「お眼鏡にかなっていればいいんですが」

「もちろんであります」

サヴォーカはうなずいた。

「それは良かった」

カルロはくすぐったそうに微笑する。

「よろしければ、サヴォーカさんが仰っていた仕事の話というのを聞かせていただけますか？」

「よろしいのでありますか？」

「布団作りは片付きましたし、ここまで付き合っていただいて、手ぶらでお帰しするわけにはいきませんから。羊飼いの仕事もありますので、そう難しい仕事は承れませんが」

「それでは」

頼みたいこと、作ってもらいたいものは数え切れないほどあるが、最初に相談すべきものはひとつだけだ。

「先ほどの吸血羊の毛織物で、手袋を作っていただくことは可能でありますか？」

「サヴォーカさんがお使いになるものですか？」

「いいえ」

サヴォーカは首を横に振る。

「カルロ殿の手に合わせたものを」

「自分の手に？」

カルロは不可解そうな表情を見せた。

「はい」

サヴォーカははめていた手袋を右だけ外した。

「その端布を、一枚分けていただいてもよいでありますか？」

カルロが寝具作りに使った端布の余りを指さす。

「こちらでしょうか」

カルロが端布を取り上げる。

「恐縮であります」

サヴォーカは手袋をした左手で端布を受け取り、そこに裸の右手を触れさせた。

赤い端布はすぐに灰色に変色し、塵になって崩れ落ちた。

「……なにを？」

カルロは目を丸くする。

「触れただけであります」

サヴォーカはほろ苦く微笑んだ。

「私は死神《グリムリーパー》。触れたものの生命力を奪い、風化させてしまう、死と風化の魔物であります。吸血羊の毛織物のような特殊な繊維であれば耐えられるのでありますが、ほとんどの生き物や物品は、触れただけで風化し、塵になってしまうのであります」

手袋をはめなおす。

「では、今つけている手袋や衣装は？」

「どちらも吸血羊の毛織物を使っているであります。新しいものを作れる職人がいなかったもので、父が身につけていたものをそのまま」

黒騎士スタイル、軍服風衣装といった格好で行動しているのは、趣味でも思想信条でもなく、まともに身につけられる衣類が他にないためだ。

あとは裸に黒いオーラをローブのように纏った古典的死神スタイルしか選択肢がない。

「新しい衣装を作れと？」

「はい」

サヴォーカは首肯する。

「危険な仕事でありますが、どうか、お引き受けいただきたいであります。もちろん、危険に見合った対価は用意させていただくであります」

サヴォーカが塵にしてしまうのは衣服だけではない。

肌が触れれば、生き物も傷つけてしまう。

その気になれば大災害を起こせるのが震天狼《バスターウルフ》のルフィオなら、その気がなくても死や滅びをもたらしてしまうのが死神《グリムリーパー》のサヴォーカだった。

「手袋というのは、採寸用として？」

「はい」

新しい衣装を作ってもらうには採寸が必要だ。裸になる必要はないにしても、首筋などに触れてしまう危険を考えると、防護用の道具を用意しておくべきだ。

だが、死神《グリムリーパー》の服作りというのは、死と風化の魔物と向き合う仕事とも言える。

普通の人間なら忌避するはずだ。

受けてもらうにはそれなり以上の条件を提示し、信頼関係を作らなければならない。

最初は、断られても仕方がない。

そう思いつつ、サヴォーカはカルロの姿を見上げた。

サヴォーカさんは硬めの表情でおれを見た。

例の冥花は影も見えない。

もったいぶる場面でも、もったいぶれるような身分でもないだろう。

「わかりました。手袋を作ってみましょう。ただ、自分は場末の古着屋崩れで、サヴォーカさんが今身につけているような、きちんとした服の仕立てはやったことがありません。勉強しながらということになりますが、それでよろしいでしょうか？」

やってみたいという思い、やれるだろうという自信はあるが、実績はないのが現実だ。

自分の服は自分で作っているし、ゴメルの肉体労働者やご婦人方の作業着、子供の服などもよく縫っていたが、サヴォーカさんが身につけているような衣装となると未知の世界だ。

「良いのでありますか？」

即答とは思わなかったんだろう、サヴォーカさんは少し戸惑い気味に言った。

「はい、良い機会ですから」

「危険な仕事になるはずでありますが」

「自分の腕を見込んで、仕事を頼みたいと言ってくれたのは、サヴォーカさんが初めてです。それなら、お受けするべきだと思いまして」

危険な仕事だからこそ、サヴォーカさんという魔物が相手だからこそ得られるチャンスだろう。おれみたいな場末の古着屋、それも潜伏中の人間にちゃんとした仕事を回してくれる客なんて、人間にはいないはずだ。

「制作期間は少々長めに見積もらせていただきたいとは思いますが」

特殊な素材を使った、特殊な顧客相手の仕事だ。これまでの仕事とはいろいろ勝手が違うはずだ。

「もちろんであります。是非お願いするであります」

サヴォーカさんの目元は、安堵したように潤んでいた。消えていた冥花たちがまた現れて、はじけるように花開いていく。

新しい服が作れない、手に入らないというのは、おれが想像したより、ずっと深刻な問題だったんだろう。

まずは素材となる生地や糸などを受け取り、手間賃などの話を詰める。練習用として材料は多めにもらって、採寸不要のハンカチなどの小物もいくつか作ることになった。

話にまじれないルフィオは退屈になったのか、ベッドに座ったおれの足に頭を乗せ、スヤピーと寝息を立て始める。

「裁縫の仕方は、どなたかに習われたのでありますか?」

話の途中で、サヴォーカさんがおれに訊ねた。

「養父です」

歳が六十以上離れていたので、親父というより爺さんという雰囲気だったが。

「お父様のお名前は、なんと？」

「養父の名前ですか？　ホレイショと言いますが」

「やはり、そうでありましたか」

サヴォーカさんは複雑な表情を浮かべた。

納得したような、やや困ったような表情だった。

「養父をご存じなのですか？」

おれが養父に拾われたのは十年ちょっと前のことだ。それ以前に養父がなにをしていたのかは、おれにもわからない。

もしかすると、魔物の世界に関わっていたんだろうか。

「直接お会いしたことはないのでありますが、両親がお世話になったと聞いているであります。魔物の国アスガルに仕立屋を開き、死神《グリムリーパー》だけでなく、多くの魔物たちの衣装を手がけたそうであります。ですが、二十年ほど前に突然姿を消し、行方がわからなくなっていたのであります。今回カルロ殿のところにおうかがいしたのも、ルフィオが腹を切られたという話を聞き、ホレイショ殿に縁のある方でないかと考えた部分もありまして」

「初めて知りました」

確かに養父なら、ルフィオの腹くらい当たり前に切っただろう。ある意味ルフィオやサヴォーカさんより魔物じみた部分があった。

ルフィオやサヴォーカさんを見ても恐怖をあまり感じないのも、養父が結構な怪物だったおかげかも知れない。

「ホレイショ殿は、お亡くなりに？」

「はい、五年ほど前に。ゴメルの街に墓があります」

「そうでありましたか」

サヴォーカさんはおれの目を見た。

「ホレイショ殿の店の建物は、アスガルに残っているであります。よければ、ご案内させていただきたいであります。すぐにとはいかないでありますが」

「ええ、是非」

おれは首肯したが、半分は社交辞令だった。

ルフィオやサヴォーカさんが悪い魔物だとか、裏や企てがあるとは思わなかったが、初対面に近い二人に連れられ、魔物の国に旅立つような度胸はさすがになかった。


——ふわふわ。

日だまりのような暖かさの中で、ルルは目を覚ました。

朝方のようだ。カーテンの隙間から日の光が差している。

体が軽い。物心ついたころからずっとつきまとってきた息苦しさが、綺麗になくなっていた。

——天国？

あまりにも楽で、あまりにも暖かい。

おかげで変な単語が脳裏をよぎったが、死んだわけではないようだ。

息はできている。

もう一度、息をしてみる。

痛みはない。

苦しくもない。

胸が引きつったりもしない。

ベッドから起き上がれるような気がしたが。

——もうちょっと。

起きられない。

起きたくない。

布団も枕もふわふわでふかふかだ。

大きくて優しい生き物に寄り添っているようなぬくもりと安心感がある。

幸福な柔らかさにくるまれ、微睡《まどろ》んでいると、ドアが開き、父エルバが顔を見せた。

気持ちよくうとうとしていたのが申し訳なくなるような、憔悴した表情。

いつもの通り思い詰めたような表情で近づいてきたエルバは娘の異様なほど良くなった顔色に気付き、目を瞬かせた。

「ルル……おまえ……一体……？」

喜びや安堵より、困惑の色を強く浮かべた声で、エルバは娘に問いかける。

「……よくなった、みたい」

ルル本人としても、状況がよくわかっていないが、たぶん、そうなのだろう。

「……そう、か」

エルバの目元に、透明なものが盛り上がる。

「……良かった」

ぼろぼろと涙があふれ、こぼれ落ちていく。

「……本当に、良かった……」

エルバは目元を押さえ、嗚咽した。ルルが生まれて初めて目にする父親の、大人の涙だった。

「おとう、さん……？」

ルルは八歳だ。こういうとき、どういうふうに振る舞えばいいのか、全くわからない。

「一体なんの騒ぎだい？」とウェンディが乗り込んでくるまで、おろおろしながら見上げることしかできなかった。

そのウェンディも、目を覚ましたルルの姿を見るとベッドに取りすがって絶叫、号泣し、事態はさらに悪化することになるのだが。

「収拾がつかないな」

小屋まで飛んできたエルバとウェンディ婆さんの声に苦笑する。

エルバの慟哭が聞こえたときはルルの容態が悪化でもしたのかと心配したが、結果を見るために小屋に残ってくれていたルフィオとサヴォーカさん曰く、心配ないとのことだった。

「問題ないようでありますね」

サヴォーカさんは微苦笑していった。

「今回は、これで失礼するであります。来週の頭に、またおうかがいしてもよろしいでありますか？」

「ええ、それまでには仕上げておきますので」

さほど難度の高い作業はない。羊飼いの仕事の傍らでも充分間に合うだろう。

「では、よろしくお願いするであります」

「またね」

名残を惜しむようにそういったルフィオはおれに近づいてきて、背伸びをした。

顔を引いて逃げようとしたが、狙いは口じゃなかったようだ。

首筋、耳の下あたりをなめられた。

「そっちか」

「ん」

震天狼《バスターウルフ》は尻尾を振った。「口の中に舌を入れるな」という話はしたが、それ以外はいいと解釈したようだ。

第三章　不穏なクジと怪しいマント

イベル山の噴火から約三ヶ月後。

流出した岩漿《マグマ》によって甚大な被害を受けた氷の森はダメージの回復、そして震天狼《バスターウルフ》との対立を回避するため、イベル山近辺での活動を停止していた。

震天狼《バスターウルフ》は危険極まりない生物だ。全面対決となれば、数千年をかけた氷の森の成長が、すべて灰燼に帰すことになりかねない。

対立すべきではない。

氷の森はそう判断した。

幸い、震天狼《バスターウルフ》は積極的に氷の森を殲滅する意図は持っていなかった。イベル山を中心とするゴメル地方、そして一人の人間に『手を出すな』というマーキングをしていったが、それだけで立ち去っていった。

痛手であることは間違いない。

怒り、憎しみも当然ある。

だが、戦うべきではない。

果たすべき使命のために。

その判断に基づき、氷の森はイベル山周辺、ゴメル地方における前進を停止、ダメージの回復に軸足を移した。

だがその選択は、人間の増長を招いたようだ。

イベル山近くに焼け残った氷霊樹は馬の蹄の音、そして男達の声を捉えていた。

氷の森は氷霊樹と氷獣群からなる群体生物であり、森全体で一つの意思を持つ。氷霊樹は氷の森の骨肉であると同時に、森の中、森の近辺の情報を把握する感覚器官でもあった。

「イベル山の噴火以前、この一帯は氷霊樹と氷獣の支配下にありました。ですが今、氷の森は沈静化し、一部では後退をはじめています」

白馬の背に乗った若い男が、朗々と語っている。

男の身元は把握できている。

ゴメル統治官ナスカの長子ドルカス。

震天狼《バスターウルフ》を手懐けた要注意存在カルロと同じ、銀髪に赤茶色の目の青年だ。少々すれた雰囲気のあるカルロとは対照的な、貴公子然とした若者である。

氷霊樹を通して収集した情報によると、ブレン王都にある魔術、錬金術教育機関、賢者学院を優秀な成績で卒業したエリートらしい。

ブレン王国における最大の課題である氷の森の北進対策、特に氷霊樹の研究において評価が高い、ということだったが、そのわりに氷の森の恐ろしさを理解していないようだ。

噴火騒ぎの少し前、三十人ほどの人間を引き連れて調査にやってきたが、氷獣たちを向かわせるとすぐに部下を捨て逃げていった。

報復のため氷獣を集め、ドルカスの拠点であるゴメルを凍結させようとしていたところに震天狼《バスターウルフ》が出現、イベル山噴火、近隣地域焼失という事態を引き起こした。

その結果、氷の森はドルカスへの制裁も断念することになった。

震天狼《バスターウルフ》はイベル山からゴメルに至る一帯に、縄張りを示すマーキングをしている。カルロに手を出すなという趣旨だろうが、結果的にはドルカスにも手が出せない状況となっていた。

その状況を、ドルカスは手前勝手な形で解釈しているようだ。

「氷の森を構成する氷霊樹は水と地の二つの属性を持ちます。それ故に火で燃えることも、斧が通ることもなく、魔法なども受け付けません。ですが、今回の噴火で、一帯の氷霊樹は根こそぎ焼け落ちました。そればかりか、直接の火災を免れた氷霊樹もまた、後退をはじめています」

ドルカスは同行の貴族たちの顔を見わたす。

大物ぶった表情だが、咎める者はいなかった。

この場にいる貴族たちは、全員が男爵クラスの下級貴族。対するドルカスの父、統治官ナスカは官僚貴族と言われる特殊な官吏である。

元々は子爵家の四男という微妙な立ち位置だったのだが、官吏として王家や上級貴族に取り入って様々な利権を掌握、莫大な資産を築き上げた豪腕の持ち主だ。

ブレンにおける役人の腐敗、賄賂の横行などを引き起こした元凶の一人ではあるが、ブレン王国における屈指の実力者であり、富豪であった。税収不足に喘ぐ下級貴族となると、ナスカから借金をしている家も少なくない。今回ここに呼び集められたのは、そんな借金貴族たちである。御曹司ドルカスには媚びるしかない立場だった。

「溶岩は、火と地の二つの属性を持つ物質です。氷霊樹は炎は受け付けませんが、火と地の力を持った溶岩の熱には耐えきれない。故に氷の森は溶岩を恐れ、噴火が収束した後もなお、後退を続けているのです。私はそこに、我が国を救うための活路を見ました」

ドルカスは山肌の新火口から黒煙を噴き上げるイベル山を見上げる。

「大規模な噴火は終わりましたが、イベル山の火山活動はまだ続いています。充分な労働力があれば、溶岩を氷の森に送り込むことで、さらに森を後退させることが可能でしょう」

「溶岩を送り込む？」

一人の中年貴族が声を上げた。

「そんなことが可能なのですか？」

「危険な作業ではありますが、不可能ではありません」

ドルカスは貴族達を見渡す。

「皆さんをここにお呼び立てしたのは、この実験、いえ、この事業に必要な人員を手配していただくためです。ゴメルの民は、父ナスカが国王陛下よりお預かりした臣民。軽々に使い潰すわけにはいきません。代わりに、皆様が抱えている生産性のない領民をお譲りいただきたいのです。抱えていても益のない、ろくに租税を納めることもできない者を、この事業のために供出していただきたい。この事業が成功すれば、氷の森の北上を押さえ込むことができるようになります。この国の未来を、私たちの子供たちの未来を守ることにもつながるでしょう」

ドルカスの言葉に続き、同行していた統治官ナスカが口を開く。

「もちろん、無償ではありません。ご協力の暁には、貢献に応じて、ご融資の返済額を何割か差し引かせていただきます。ご相談をいただければ、融資の拡大なども検討させていただきましょう」

困惑の色が強かった借金貴族たちの目が、一気に熱を帯びた。いずれも貧しい領地を借金まみれで必死で経営しているような者たちである。ともすれば税収より徴税費用のほうが高くつくような貧民どもを差し出すだけで借金が減る。こんなうまい話はなかった。

見方を変えると人身売買の誘いなのだが、それを指摘するような者はいなかった。

氷の森からすれば、理解を絶する愚かしさである。

ドルカスは氷の森が溶岩を恐れていると言ったが、別にそんなことはない。火山噴火は確かに危険だが、人間ごときに操れる溶岩の熱量などたかが知れている。

氷の森が北上を止め、一部で後退しているのは、あくまで震天狼《バスターウルフ》を警戒してのことだ。火山一つの活動を恐れているわけではない。

まして、人間ごときの動向に左右されるものでは断じてない。

この場で氷獣たちをけしかけ、ドルカスたちを皆殺しにすることも容易い。

だが、今は手控えざるを得なかった。

この段階で氷獣を動かせば、震天狼《バスターウルフ》は縄張りを荒らされたと判断しかねない。

震天狼《バスターウルフ》との全面抗争は下策。

当座は、人間たちを泳がせる。

思い上がった人間に手を出させ、それに反撃する形式のほうが、震天狼《バスターウルフ》を敵に回す危険は少ないはずだ。

「是非協力させていただきます」

「私も！」

「我らが王国の未来のために！」

人間どもは、そんな声をあげはじめていた。

氷の森に、すべてを見られていることにも気付かずに。


ルフィオが古着屋カルロに出会って四ヶ月。

サヴォーカが古着屋カルロに出会って三ヶ月。

サヴォーカは一、二週に一度くらいの頻度でスルド村のカルロの元に通うようになっていた。

すっかり懐いているルフィオに至っては非番の日には欠かさず顔を出し、カルロの仕事を邪魔したり手伝ったり散歩に連れ出したりしている。

ルフィオの散歩というのは極北圏でオーロラを眺めたり、極南で霜巨人鳥《ヨトゥンペンギン》の頭に乗ってみたり、赤道直下の渓谷巨大蜘蛛《キャニオンロックバードイーター》の巣をつついてみたりという、壮大かつ危険なものだ。

うっかり人間の生存圏外まで連れて行かないか心配ではあるが、いまのところ穏便にタバール大陸近辺の散策にとどめているようだ。氷の森にちょっかいを出したりしない限りは大きな問題はないだろう。

それにしても、驚くほかない懐き具合である。

アスガルの魔物の例に漏れず、ルフィオは強者を好み、尊敬し、信頼する。カルロの戦闘力はないに等しいが、誰も切り裂くことのできなかったルフィオの腹を割き、ルフィオがどうすることもできなかった寄生虫《ハリガネ》を取り出した。

ルフィオの腹を切ったという点でカルロは他の七黒集や先代魔王を上回り、寄生虫《ハリガネ》を取り出したという点でルフィオ自身を上回ったことになる。強大な魔物と自然体でコミュニケーションを取れるカルロの人格的な特異性も噛み合い、震天狼《バスターウルフ》が人間に懐くという前代未聞の状況になっていた。

自覚的ではないようだが、カルロを群れの仲間、あるいはつがいの相手のように扱っている。

そういう意味でも、カルロは野放しにできない存在と言えるだろう。

他国や悪党に人質にでもされたら取り返しのつかない事態を引き起こしかねない。

——そろそろ話を詰めなければならないでありますね。

そんなことを考えながら、サヴォーカは黒騎士の装束を脱ぎ、新しい服に袖を通した。

人間の若い娘が身につけるようなデザインのブラウス、上着にスカート。髪飾り。

カルロが「練習用に簡単な物を」と言って仕立ててくれたものだ。

漆黒の吸血羊の毛織物を使っている関係で、やや喪服めいた雰囲気になってしまっているが、そこは材料的に仕方のないところである。

以前から使っている手袋をはめ、黒騎士ブーツをはき直して、フードつきのケープを羽織る。

上機嫌であることを示す冥花が咲き誇る。

黒騎士装備は父親譲りの品だ。どうにか着られてはいるが、胸のあたりがだいぶ苦しかった。

カルロが作ってくれた衣服はサヴォーカ本来の体の線にすっきり合っている。解放感がありながら、縫製や裁断の精度が高く、安心感がある。

これで年頃の少女向けの服を採寸して縫うのは初めてだと言うのだから、天才的と言うほかにない。

サヴォーカとしても、他人に採寸をして服を縫ってもらうのは初めての経験だ。やや気恥ずかしい思いもしたが、期待以上のものがあっさり出てきた。

最後に羽織ったフードつきケープは、カルロが作ったものではなく、家に伝わる変装用の魔導具だ。

フードを被って魔力を通すと、地味な中年の商人の顔と服装に見えるようになる。

サヴォーカが着替えをしていたのは、カルロが潜伏するスルド村近くに設置したテントである。

中にはサヴォーカの地元アスガルに直通する転移陣を隠してある。

最初に来るときはルフィオの背中に乗せてもらったが、ルフィオの都合が合わない場合もある。二度目にスルド村を訪れたときに設置しておいた。

旅行カバンの中に黒騎士装備一式を収める。

ミスリルのフレームに吸血羊の皮を張り、内部に空間拡張の術式を組み込んだもので、カバン一つで物置小屋相当の収納力がある。

テントを出て山道を登る。

スルド村に入ると村の老婆ウェンディに出くわした。

カルロの顔なじみの行商人という名目で顔合わせをしているので、特に怪しまれるようなことはない。偽装用に用意していた食品や生活雑貨などを村の女たちに売ってから、カルロが仕事場にしている小屋を訊ねた。

「タイタスであります」

ドアをノックし、行商人としての偽名を名乗ると、カルロが顔を出す。

ルルが順調に回復し、エルバが羊飼いの仕事に復帰したため、カルロはサヴォーカから請け負う針仕事に仕事の軸足を移していた。

「お待ちしていました。あがってください」

「お邪魔するであります」

小屋の中でケープを脱ぎ、行商人の姿から黒髪の少女の姿に戻る。

非番の日は入り浸りになっているルフィオだが、今日はアスガル大陸南部の大監獄で起きた反乱の鎮圧に当たっていた。投獄中の自称新魔王、自称真魔王、自称大魔王、自称魔王神などが合わせて四七人、シン・魔王同盟などと名乗って暴れている。

アスガルではよくあるレベルの騒動である。

「一通り仕上がっています」

カルロは小屋の真ん中に掛けたカーテンを開く。サヴォーカが提供した隠蔽の魔法を組み込んだカーテンで、許可を与えた相手以外にはカーテンの存在とカーテンの向こうの様子を認識できず「何もない」「誰も居ない」ように見える。サヴォーカが持ち込んだ特殊な素材類、サヴォーカやルフィオの姿などを外部の人間に見とがめられないようにするためのものだ。

カーテンの向こうにはサヴォーカが持ちこんだ張り子の裁縫胴《トルソー》が、サヴォーカがカルロに会った時に身につけていた軍服風衣装をつけて立っていた。

サヴォーカの父のためにオーダーされた衣装なので、胸がきつく、胸以外はダブつきが多い。カルロに直しを頼んでいた。

「袖を通してみていただけますか?」

「はい」

カーテンを目隠しにして、軍服風衣装に着替える。

違和感を覚えた。

――これは?

その場で一回転をしてみる。

――どういうことでありますか?

胸元が楽になったのは要望通りだが、改善したのはそこだけではない。動きやすさがまるで違う。だぶつきも、緊張も皆無。わずかな無理もなく、衣装が体についてくる。

「いかがですか？」

カーテンの向こうから、カルロが声を掛けてきた。

「なにをしたのでありますか？」

カーテンを開き、そう訊ねる。

「どこか、気になるところが？」

「いえ、悪いということではないのでありますが、全体に、軽くなっているように感じるのでありま
す」

幻惑でもされているような気分だった。

「そうですか」

カルロは微笑する。

「直しがうまくいったようです。その衣装の本来の着心地に近づいたということでしょう」

「それだけで、こんなに変わるものでありますか？」

「元の出来が良かったんです。今の着心地でも、お父様が身につけていたときの水準には届いていないはずです。今更言うのもなんですが、今の自分が手を出していい衣装じゃありませんでした」

カルロは苦笑するように言った。

とんでもない謙遜に聞こえた。

――ご冗談を、完璧な仕事であります。

そう思ったサヴォーカだが、口にするのはやめておいた。

この衣装はカルロの養父、仕立屋ホレイショがアスガルにいた頃手がけたものだ。カルロの師であった人物の全盛期の仕事。サヴォーカにはわからなくても、カルロにはわかる差や、壁のようなものがあるのだろう。

無責任なことは言うべきではない。

代わりに、こう言うことにした。

「良かったであります。カルロ殿にお任せして」

無自覚に冥花を咲き乱れさせつつ、サヴォーカは微笑する。

やっと、探していた相手に出会えた。

自分の職人を見つけることができた。

そんな思いを胸に。


ルルは順調に回復し、娘に手がかからなくなったエルバは本来の仕事である羊飼いの仕事に復帰した。結果的に失業することになったおれはサヴォーカさんが回してくれる針仕事、スルド村の村人相手の繕い仕事などに仕事の軸足を移した。

スルド村を離れることも考えたが、新天地を探してあてもなく放浪するのは面倒だし、そうする必要もなかった。

サヴォーカさんがゴメルに足を運んで調べてくれたところによると、ゴメル統治府はおれを追っていないらしい。

おれが盗品売買の濡れ衣を着せられて捕まったのは氷の森の暴走《スタンピード》対策として、森の生贄にするためだ。

その暴走《スタンピード》はルフィオがイベル山を噴火させた結果止まっている。

おれを捕まえたオルダたちは氷獣に全滅させられている。

生死確認の手段がなく、身柄を押さえる理由もないということで放置されているらしい。

サヴォーカさんいわく「忘れられているのではないかと」とのことである。

そうなると、あえて居場所を転々とする必要性もないということになる。

人の人生を雑に壊しやがって、という思いはあるが、結果的にはいい客といい仕事、震天狼《バスターウルフ》に人知を超えた散歩に付き合わされることを除いて、穏やかな生活が手に入ったので、差し引きではプラスと言ったところだろうか。

そんなある日。

激しい雨が降り出した。

作業の手を止め、洗濯物を取り込みに小屋を出ると、母屋からも留守番のルルが顔を出した。

「来なくていい。そこで待っててくれ」

エルバとルル、それと自分の洗濯物を取り込んで母屋に入る。

「いきなり降ってきやがったな」

愚痴りつつ、母屋の中にヒモを掛け渡す。

「てつだうよ?」

「じゃあ、一枚ずつ取って渡してくれ」

ルルに手伝いを頼み、洗濯物を干していく。半分くらい片付けたところで、ルルが変な物を差し出してきた。

「はい」

「なんだそりゃ……エルバのか?」

「しらない。おっきい」

万歳の格好でルルが掲げたのは、深紅の布地に毛皮の襟飾りがついたマントだった。王侯貴族が身につけるような立派なマントだが、あちこちほつれ、破れて、ズタズタになっている。

妙な風格と、凄みのようなものを感じた。

「洗濯物じゃないな」

他の洗濯物のような湿り方をしていない。撥水性が強いらしく、雨粒を綺麗にはじいていた。

「いつ紛れ混んだんだ?」

洗濯物を取り込んだ時は、こんなものはなかった。

とりあえず椅子の上に載せておき、他の洗濯物をヒモに吊っていく。

洗濯物を一通り片付け、改めてマントを検分した。

「おうさまのマント?」

ルルは興味津々の顔で言う。

「王様かどうかはわからないが、偉い人のマントみたいだな」

一般市民が防寒用に使うようなマントじゃない。ルルが言うとおり、王侯貴族が儀礼用に使うような代物だ。

しかし素材がわからない。

木綿でも麻でも羊毛でも革でも絹でも羽毛でもない謎素材。おれの知識不足なのか、それとも吸血羊みたいな魔物系素材なのか。

アスガル臭いというか、ルフィオ、サヴォーカさん関係に思えるが、あの二人がこういうものを黙って置いて行くとは考えにくい。

「なんなんだ？　一体」

首を傾げていると、空が青白く光り、雷が轟いた。叩きつけるような音を立て、大粒の雨と雹が落ちてくる。

首を縮めたルルは「もうかえる？」とおれを見上げる。

不安げな顔だ。

「やむまでは戻れないな。布団に入ってろ」

近くにいてやったほうがいいだろう。

「うん」

ルルは自室に戻り、ドアを開けたままベッドに潜り込んだ。ルフィオが寝具に込めた治癒の魔力はだいぶ弱くなっているらしいが、それでも安心するらしい。間もなくルルはクゥクゥと寝息を立て始めた。

謎のマントを眺めたり、屋根の雨漏りにボロ布を詰めて対処したりしているうちに雨もあがり、エルバが羊たちを連れて戻って来た。

「悪いな、見てもらっちまって」

「いえ」

そんな話のあと、マントを見せてみたが、やはり心当たりはないようだった。

他の村人に心当たりを聞いてもらうようエルバに頼んだ上で、預かっておくことにした。

サヴォーカさんが用意してくれた衣装箱にマントを片付け、鍵をかける。

あとはサヴォーカさんかルフィオが来た時に見てもらえばいいだろう。

ルフィオはあてにならない気がするが、サヴォーカさんなら何かわかるかも知れない。

テーブルに戻り、途中になっていた仕事を再開する。

今やっているのはサヴォーカさんに頼まれた上着のリメイク。

洒落者《ダンディ》だったというサヴォーカさんの祖父が身につけていた衣装で、黒い吸血羊の毛織物に、ムーンドラゴンという白い竜の皮で縁取り《パイピング》を施してある。

ムーンドラゴンの皮や鱗、骨は死神《グリムリーパー》の死と風化の力にも耐えられる貴重な素材だそうだ。

毛織物の部分は経年劣化でぼろぼろになってしまっているが、ムーンドラゴンの皮の縁取り《パイピング》部分、骨から削り出したボタンなどは劣化していない。使える部品を再利用して新しい衣装にできないかというオーダーだ。

養父よりさらに上の世代、ゼンドルという百手巨人《ヘカトンケイル》の名職人の作らしい。

少しずつばらして構造を把握、サヴォーカさんの体型に合わせた調整を入れながら縫製を進めていく。


夕方前には一通りの工程が片付いた。

「こんなところか」

それにしても、名職人が縫った衣装の直しなんてやるもんじゃない。

自分の仕事の粗さがはっきりわかる。

小屋を出て、井戸端で水を飲む。

スルドは痩せた土地の村だが、水は綺麗で美味い。針仕事で凝った首や背中をひねったり鳴らしたりしていると、村の入り口のほうから馬の蹄といななきが聞こえた。

馬?

スルド村には馬はいない。いるのは羊とロバと犬、鼠に蝙蝠、あとは震天狼《バスターウルフ》が遊びに来る程度だ。

馬賊なんて上等なものがこんなところに来るはずもない。

来るとしたら、役人の類だろう。

おれは一応盗品売買容疑の逃亡犯だ。本格的に手配はされてないみたいだが、あえて顔を合わせる理由もない。さっさと小屋に引っ込んだ。

スルド村にやってきたのは、領主ザンドール男爵の使者であった。

使者はスルド村の長老ボンドを呼び出し、領主からの通達を伝えて立ち去った。

その日の夜。

長老ボンドはルルのような年少者、流れ者のカルロなどを除いた村人を広場に集め、こう告げた。

「十五歳から四十歳までの男を五人。一年の夫役《ぶやく》に出せとのことだ」

夫役というのは税の代わりに、土木工事などに労働力を差し出す制度のことである。

「どういうことだい？　急に夫役だなんて」

ウェンディが問いかける。

「詳しいことは聞いても言ってくれなんだ。とにかく、大きな事業が始まるから急ぎ男を出せという話らしい」

「どうするんだ？」

村の男の一人が言う。

「ご領主の命とあっては出さざるを得ん。行ってくれる者はいるか？」

ボンドは村の男たちを見渡す。

夫役の対象となる十五から四十歳までの男は村に十人いるが、手を挙げる者はいない。家族のある者が多い上、夫役は過酷で危険な苦役。行けば、三人に一人は戻ってこない。当然の反応であり、いつも通りの反応でもあった。

「では、クジを引こう」

ボンドは淡々とそう告げると、既に用意してあったくじ引き用の木筒を取り上げる。

「待ってくれ」

声が上がった。

「もう一人いるだろう。エルバのところに」

「あいつはこの村の人間じゃない。夫役には関係ない」

エルバはそう言ったが、ボンドは「いや」と言った。

「カルロもだ。もう三月もこの村の水を飲んでいる。もはやよそ者ではすまん」

「……わかった。呼んでくる」

「それには及ばん」

ボンドは、木筒に入ったくじの毛糸を一本引き上げた。

「外れだ」

ボンドは結び目のないハズレの毛糸を村人たちに示す。

「……勝手に引くなよ」

エルバはため息をつく。

「いまから説明を始めては、いつ始められるかわからん。あとは順に引いて行け、いつも通り結び目がついた糸を引いた者に夫役に行ってもらう」
男たちが順にクジを引きはじめる。
まず二人がクジを引き、どちらも外れた。
エルバの順は三番目。
——頼む。
娘の顔、死んだ妻の顔を思い浮かべながら、エルバはクジの毛糸を選んだ。
エルバの妻は、ルルの母親はもういない。
ルル《ルル》を一人で残してはいけない。
夫役に送られるわけにはいかない。
——どうか。
震える手で、クジの毛糸を引く。
引き当てたのは、結び目のついた糸だった。
「同情するが」
ボンドが口を開く。
「夫役に行ってくれ、エルバ」

エルバがクソみたいなくじ引きをしていた頃、おれは小屋で仕事をしていた。

不穏な気配は感じていたが、気にしていても仕方がない。

サヴォーカさんの上着は仕上がっている。今度はルフィオが持ってきた白い蛇皮のジャケットの修理に手をつける。

ルフィオではなく、ルフィオの知人が愛用しているものらしい。

ルフィオの話によると、知人というのは「オーク」らしいが、どうもスタイルがおかしい。

身長約三メートル。

大柄なオークっていうのはそれくらいの身長になるらしいが、いわゆる細マッチョみたいな体型だ。

白い蛇皮ジャケットを愛用する身長三メートル、細マッチョのオーク。

イメージが全然湧かない。

このタバール大陸にオークはいない。だからオークというと豚頭で緑色の蛮族、みたいなイメージだったんだが、ルフィオやサヴォーカさん曰く実際は「人間と同じような顔、髪の毛もある」「肌は緑色で合っている」「蛮族じゃない」らしい。

余計に想像が難しくなった。

ジャケットの素材は強力な再生力で知られるヒドラの皮で、表面は傷一つ無い。ダメージがあるのは裏地側で、派手なサテン織の裏地がすり切れてぼろぼろになっていた。

補修用として渡された素材も同じサテン織。アスガルに棲息する紫蚕《むらさきかいこ》の繭から取った紫絹糸《むらさきけんし》を織ったものらしい。

サテンのほうは扱いやすい素材だが、問題はヒドラ皮の強靭さと自己修復能力だ。

皮の状態でも自己修復能力が残っているらしい。

革製品の縫製では菱目打ちという道具とハンマーを使って縫い穴を穿《うが》ち、そこに糸を通していくんだが、裏地を縫い止めていた糸を抜いたら、縫い穴が自己修復して塞がった。

サヴォーカさんが用意してくれたドワーフ鋼の菱目打ちを使って縫い穴を開けなおしてみたが、その穴もすぐに塞がる。

穴を開けたら即糸を通さないとダメらしい。

面倒なので裁縫術を使い、縫い針の貫通力を上げて直接縫ってみたが、仕上がりは今ひとつだった。

一応縫えてはいるが、菱目打ちを使った穴の方が自己修復後の仕上がりが綺麗になる。

このジャケットを最初に作った職人も、菱目打ちを使っているようだ。

どうやって縫ったのかはさっぱりわからないが。

ともかく針の貫通力を上げるアプローチはやめる。糸を通した縫い針を魔力制御で手元に浮かし、菱目打ちで穴を開けたら即一針縫うという手順で、裏地の縫い付けを進めていく。

針の魔力制御は針の貫通力強化、ハサミの切断力強化などより魔力の消費が激しく、神経を使う。

休憩を多めに入れて作業を進める。

それでもまぁ、キツい。

頭が痛くなってきた。

「どうやって縫ったんだ一体」

もうちょっと楽なやり方があるような気がするが、やはり見当がつかない。

幸い、納期には余裕がある。

ベッドの上に転がって目を閉じた。

うとうとしていると。

「ねてる?」

顔の上から声がした。

「いや」

目を開けて、体の上に覆い被さった裸の少女の目を見る。

ドアが開く音がしなかった。村人に見られないよう気配を消していたんだろう。

狼のくせに猫みたいな挙動をしてくる。

今の格好は飼い主に乗っかって尻尾を振ってる犬みたいだが。

体に手足を乗せていないだけましだが、そのぶん顔と胴体の距離が近い。裸の胸や腹がおれの胸や腹に密着している。布一枚通して、体温や鼓動が伝わってくる。

さすがにまずい。

「服着ろ」

尻尾を振っているルフィオを体の上から下ろし、用意していた肌着とシャツ、スカートを着せ、サンダルを履かせた。

「お祭り？」

ルフィオは村の広場の方を指さして言った。

「広場か？　祭りじゃなくて村の寄り合いだよ。ご領主さまからなにかお達しがあったらしい」

そう答えつつ、衣装箱の鍵を開ける。例のマントを見せてみようと思ったんだが、見当たらなかった。

おかしいな。

マントをしまってから、この衣装箱は開け閉めしていない。他の衣装箱も開けてみたが、やはりない。

「どこ行った？」と思っていると、ルフィオが最初の衣装箱に近づき、尻尾の毛を逆立たせた。

「なにが入ってたの？　ここ」

何か警戒しているようだ。珍しく真剣な顔だ。

「妙なマントを見つけたんだよ。赤い、王様がつけるみたいなマントなんだが、ぼろぼろになってた。誰の持ち物なのか、どういう生地でできてるのかわからなくてな。おまえかサヴォーカさんならわかるかと思ったんだが」

「わかった」

ルフィオは真顔のままうなずいた。

「調べてみる」

「心当たりがあるのか？」

「うん」

うなずいたルフィオは、少し悲しげな顔になった。

「でも、話しちゃだめなことかもしれない。調べてみて、話せないことだったら、話せないかも」

「アスガルの掟ってやつか？」

「うん」

おれとルフィオは種族も違うが国籍も違う。アスガル魔王国に関する情報には、国外の者に話せることと話せないことがあるそうだ。

おれの養父、ホレイショの話は問題ないらしいが、ルフィオとサヴォーカさんの仕事の話などはだめらしい。一応仕事はしていることは教えてくれたが、具体的にどういう仕事をしているのかは不明。

時々ルフィオがシュウキュウフッカハンとか、ユウキュウキュウカとか、チョッコウチョッキとか、謎の言葉を口走ることがあったが、意味は教えてもらえなかった。

「でも、変なことは、絶対させないから」

ルフィオは決意に満ちた声で言う。

裏返すと、変なことになるかもしれないという話なんだろうが、無理に聞き出そうとするのはやめておいた。

「わかった」

ルフィオは「話せないことだったら話せない」と言っているだけだ。

話せることだったら話してくれるだろう。

念のためサヴォーカさんにも話しておいたほうがいいだろうが、それくらいで充分だろう。

「ごめんね」

震天狼《バスターウルフ》は申し訳なさそうに尻尾を落とした。

「別に怒りゃしねぇよ」

ルフィオは魔物の国の住人だ。魔物の国のルールに縛られることもあるだろう。人が人の国のルールに縛られるのと同じように。

ルフィオの頬に軽く触れ、指で撫でる。狼、犬系の魔物であるルフィオは頭よりも頬のあたり、頬よりも顎の下あたりを撫でられることを好む。

狼の姿の時なら顎下に触れてやってもいいんだが、人の姿だとなんとなくやりにくい。頬までが限度だった。

少しは気分が和らいだようだ。ルフィオは喉を鳴らし、心地よさそうに目を閉じる。

頬ずりをするようにおれの手に自分の手を添え、尻尾をふった。

「なめていい？」

「どうしてそうなる」

そんなツッコミを入れていると、小屋に足音が近づいてきた。

ドアがノックされ、エルバの声がした。

「カルロ、話がある」


　ルフィオをカーテンの向こうに隠し、エルバを小屋に迎え入れた。

　ルルの回復に合わせて明るく、穏やかになっていたエルバの顔は、また地獄の底に転げ落ちたみたいな雰囲気になっていた。

「すまないな、急に押しかけて」

「いえ、寄り合いのことでしょうか」

「ああ、まずいことになってな」

　エルバはおれに、スルド村に領主から夫役の通達があったこと、くじ引きの結果、エルバが夫役に選ばれたことを話した。

「……そうですか」

　確かにまずい。

　エルバの家は一人親だ。生命の危機は脱したとは言え、病弱なルルを置いて出て行くことになってしまう。

　生きて戻って来られるかどうかもわからない。

　エルバは思い詰めた目でおれを見る。

顔にあざや擦り傷がある。誰かに殴られたり、倒れ込んだりしたようだ。

「代わってくれないか？」

そう言って、エルバは小さな袋を出す。

「少ないが、あるだけの金はかき集めてきた。これで、代わってくれないか。今、ルルの側から離れるわけにはいかないんだ。頼む……」

必死の形相で言ったエルバは、床に跪き、拝むようにオレを見た。

夫役に身代わりを立てることはルール違反じゃない。夫役で要求されるのは労働力だ。身元が定かであるかどうかは重視されない。裕福な人間なら、貧乏人に金を握らせて身代わりに立てるくらいのことは当たり前にやる。

だが、エルバは貧乏人だ。

おれに差し出した袋は小さく、貧相だった。

ゴメルで古着屋をやっていたときなら二月ぶんくらいの稼ぎになったかもしれないが、夫役の身代わりの対価としては話にならない。

「足りないのはわかってる。足りないぶんは、戻って来たときまた払う！　何年掛けてでも払う！　だから、頼む！　お願いだ！　代わってくれっ！」

泣き叫ぶように言ったエルバは、床に頭をすりつけて懇願した。

見ちゃいられない姿だが、無理もない。

夫役に行けば、帰ってこられないかもしれない。

生きて帰って来ても、その時には、娘《ルル》は死んでいるかも知れない。

受け入れられるほうがおかしい。

一つだけ、確認しておくことにした。

「他に、代わってくれそうな人は？」

「いなかった」

エルバは首を横に振る。

「おまえで最後だ」

「そうですか」

それならいい。

いきなりおれのところに来たというなら、村中頭下げてから来いと言いたくなるところだが、そのへんはクリアしているようだ。顔にあざや傷があるのも、他の村人との交渉で「しつこい」とでも言われ、殴られたんだろう。

「わかりました。代わります」

「いいのか!?」

「断って、役人に通報されたりするよりはましでしょうし」

なんにせよ、この場では「わかりました」としか言いようがない。

エルバがなりふり構わなくなった場合「代わらなければ逃亡犯として役人に訴えてやる」という脅しが使える。

それをやられると、おれは今すぐここを逃げ出すしかなくなる。

逃げるのはともかく、今引き受けている仕事を放り出さないといけなくなる。

サヴォーカさんたちからの信頼も放り出すことになってしまう。

「わかりました」と答えるしかなかった。

スルド村での暮らしも三ヶ月を超え、エルバやルルにも情が移っている。

単純に、不幸になって欲しくないという気持ちもあった。

それに、打つ手がないというわけでもないはずだ。


古着屋カルロが羊飼いエルバと夫役の話をしていたころ。

死神《グリムリーパー》『貪欲』のサヴォーカはスルド村近くの牧草地で一人の青年と対峙していた。

歳は二十代の半ばほど、純白の短髪に緑色の瞳、褐色の肌をした端正な青年だ。

王侯貴族のような豪奢な衣装を身に纏い、その上にズタズタのマントを羽織っている。

カルロが見つけて衣装箱に片付けた後、行方がわからなくなった深紅のマントだった。

「なぜ、貴殿がここに?」

偽装用ケープのフードを外し、サヴォーカは問う。

「カカカ」

男は独特な調子で嗤《わら》った。

「俺がここにいる理由といえば、ひとつしかあるまい。ホレイショの後釜とやらの値踏みだ」

「カルロ殿は、ホレイショ殿とは違うであります」

「なぜそう言える？　ホレイショも最初はただの裁縫師としてアスガルに現れ、白猿候《ハヌマーン・マーキス》に取り入った。また繰り返さないと断言できるか？　ホレイショの過ちを」

「ホレイショ殿は暗殺を目的に白猿候《ハヌマーン・マーキス》に近づいたわけではなかったはずであります。そのことは、貴殿のほうがご存じのはずであります。嫉妬《インヴィディア》殿」

「カカ」

男は額に手を当てて哄笑した。

「名前で呼べと言っているだろう。布屑《トラッシュ》殿と」

「その名でお呼びするつもりはないであります」

「嫉妬《インヴィディア》殿も似たようなものだろうに。貪欲《アヴァルス》殿」

七黒集第三席『嫉妬』のトラッシュは大仰な調子で言って肩を竦めた。

煽るような態度には付き合わず、サヴォーカは問う。

「なにをするつもりでありますか？」

「値踏みに来ただけだと言っている。今のところは合格、いや、不合格か。俺の正体に全く気付かずに箱に片付ける始末だ。その気になれば百遍《ひゃっぺん》は殺せた。無害で無力だな」

「カルロ殿に接触を？」

「この姿でな」

トラッシュはぼろぼろのマントの一端をつまんで見せた。

「だが、間もなく暴食殿《グラ》がやってきた。今日は非番ではなかったと思ったが」

「暇さえあれば押しかけているでありますよ。妙な手出しをすればただでは済まぬであります」

「まるで飼い犬だ」

トラッシュは「フン」と鼻を鳴らす。

「だが、厄介ごとに巻き込まれているようだぞ。あの男は」

「厄介ごと？　どういうことでありますか？」

「この土地の領主があの村に夫役を命じ、くじ引きであの男の居候先の主人が指定された。その先のことはわからんが、おそらくは、あの男に夫役を代われと言う話になるだろう。あの家の娘は病弱の上、片親らしい。夫役に出るわけには行くまい。代わりに動かせる者がいるとするなら、あの男だけだ」

「そうで、ありますか」

確かに、厄介な状況だ。

タバール大陸における夫役の過酷さ、死亡率の高さはサヴォーカも聞いたことがある。

――急いでカルロ殿のところに。

そう思ったサヴォーカだが、問題は目の前のトラッシュだ。

いきなりカルロを殺しにかかるような無茶はやるまいが、トラッシュはカルロの養父、ホレイショとの因縁が極めて深い。

カルロの登用についても否定的な立場だった。

カルロについては現在『貪欲』サヴォーカが積極的に登用を主張し、『暴食』ルフィオがそれに賛成。

『傲慢』のムーサ、『怠惰』のアルビスは賛成寄りだが、判断材料が不足しているとして態度を保留。

『憤怒』『姦淫』の二者は無関心。

そして『嫉妬』のトラッシュが慎重派だ。

登用ではなく抹殺対象として調査を進めるべきだと主張していた。

結果、カルロに懐いたルフィオとは一触即発の関係になっている。

トラッシュはにやりとする。

「そんな顔をするな。独断であの男を殺すようなことはせん。今のところその価値もない。では、行くとするか」

「どこへ行くつもりであります？」

「間の抜けたことを言うな」

トラッシュは気取った仕草で両手を広げる。

「あの男のところに決まっている。そろそろ暴食《グラ》殿も勘づいた頃だろう。こそこそ動いても仕方があるまい。仲裁を頼むぞ、貪欲殿《アヴァルス》」

勝手なことを言ったトラッシュは、ぼろぼろのマントを翻して歩き出す。

サヴォーカは眉根を寄せる。

――厄介ごとは重なるものでありますね。

夫役の問題に、『嫉妬』のトラッシュ。

難しい舵取りを強いられそうだ。


「ブヤクってなに？」

エルバが去って行ったあと、ルフィオが聞いてきた。

ベッドの上に犬みたいに転がっている。

「税を納める代わりに、治水とか街道整備とかの仕事をしに行くことだ」

「どこに行くの？」

ルフィオは尻尾を揺らす。

「まだわからない。とりあえずはカルディって街に出頭して、それからのことはカルディで指示されるらしい」

「ふぅん」

「あっさりだな」

もう少し怒ったり嫌がったりするかと思ったんだが。

「カルロのにおいは覚えてるから、だいじょうぶ、どこに行ったって」

ルフィオは屈託無く言った。

「そうか」

ルフィオの場合、おれがどこにいるのか、どこに行くのかってことは些細なことなんだろう。スルド村にだって、勝手に飛んできた。

「いつからいつまで？」

「集合は来週。期間は一年」

「長くない？」

「長いな」

クソ長い上、生きて帰れるかもわからない。そこまで説明するべきかどうかと考えていると、ルフィオはまた真顔になって、ドアのほうを見た。

「かくれてて」

油断しきった子犬みたいな体勢から、くるりと起き上がったルフィオは、何かを威嚇するように尻尾の毛をザワリと逆立てた。

それを制するように、サヴォーカさんの声がした。

「大事ないであります。私も同席しているであります」

なだめるような声だが、ルフィオは警戒の表情を崩さない。

「どうしているの？　トラッシュ」

屑《トラッシュ》？

名前なのか、罵倒なのか、それを判断する前に、カカカ、という妙な笑い声が聞こえた。

「決まっているだろう。カルロという男の値踏みに来た。その男がホレイショの後継者なら、おれ以上にふさわしい審判者はいまい」

ルフィオが警戒しまくる理由が、少しわかった。

かなりおかしなものがいるようだ。

「入るぞ」

一方的に言って、声の主はドアを開ける。

現れたのは、深紅のマントを身に纏った、魔王みたいな装束の男。白ウサギみたいな色の髪、緑の瞳、褐色の肌。気位の高そうな顔立ちをした男前だ。

黒と赤を基調にした派手な衣装の上に、ボロボロの赤マントをつけている。

おれとルルが見つけて衣装箱に片付け、行方がわからなくなっていた謎の赤マント。

男は口の端をつりあげる。

「まず名乗っておこう。俺はトラッシュ。この二人と同じ、アスガルの魔物だ。おまえの養父、ホレイショに作られたマントがアスガルの白猿侯《ハヌマーン・マーキス》スパーダの血を吸い、命を持ったものだ」

「マント？」

「そうだ」

男の姿がふっと揺らいで消えた。

クラゲのように宙に浮く、ずたずたのマントだけを残して。

また、声が響く。

「これが俺だ。見ての通り、どうしようもない布屑《トラッシュ》だろう？」

そうしてまた、褐色の肌の男が現れる。

「おまえの噂を聞き、おまえを見定めに来た。仕立屋ホレイショの作品として、ホレイショの後継者だというおまえをな」

「そうですか」

どう反応していいかわからなかった。アスガルは魔物の国だ。養父がかつてアスガルにいた、というところまでは理解していたが、まさか養父の作品が生きたマントの魔物になってやってくるというのは、想像の埒外だ。

「お会いできて光栄です」

「カカ！」

自称布屑《トラッシュ》はまた変な笑い声を上げた。

「布屑《トラッシュ》相手に見え透いた世辞を言うな」

だいぶ面倒くさい性格のようだ。

「失礼であります。突然押しかけておいて」

サヴォーカさんが釘を刺す。

ルフィオは無言で目を細めている。

飛びかかる寸前という雰囲気だった。

「そうだな。非礼を詫びよう、古着屋カルロ」

「いえ」

古着屋をやっている時なら蹴り出しているところだが、相手が悪そうだ。ルフィオやサヴォーカさんならともかく、人間《おれ》が手を出していい相手じゃないだろう。

「なにしに来たの？」

唸るように問うルフィオに、トラッシュはまた「カカ」と嗤ってから応じた。

「先ほど言った通り、その男を見定めにきた。だが、厄介ごとに巻き込まれているようなのでな。ホレイショに作られたものとして、知恵と力を貸してやろうと思ったのだ」

「知恵と力、ですか」

「お構いなく」「お引き取りください」というのはだめだろうな、やっぱり。

それが一番望ましい気がするが、それを言うともめそうだ。

下手にもめるとルフィオがトラッシュに直接攻撃を仕掛けそうだ。

それはまずいという直感があった。

「村の者たちが、おまえの居候先の主人が夫役のクジに当たったと話しているのを聞いてな。おまえに代役の話が行くと思ったのだが、どうだ？」

「確かに来ましたが」

サヴォーカさんが息を呑んだ。

「どうなさるので、ありますか？」

「引き受けることにしました。ルルのことを考えると、まずはおれが引き受けるしかありませんから。今お受けしている仕事の方は、出発までには間に合わせますので」

「反対であります！」

サヴォーカさんは高い声を上げた。

「生きて戻ってこられないのかも知れないのでありましょう？　そうでなくても、一年も棒に振ることになるであります。困るであります。カルロ殿でないと扱えないものが、カルロ殿にしか頼めない仕事が、山のようにあるであります。嫌であります」

サヴォーカさんにしては珍しく、動揺した声だった。

「そのことなんですが、一応、一月か二月くらいで戻るつもりでいます」

「……戻れるので、ありますか？」

「確実に、とは行きませんが。サヴォーカさんとルフィオにもらった手間賃が相当たまっていますから、代役を雇うことはできると思います。代役を決めて、交代の手続きが終わるまでの一、二ヶ月、なんとか乗り切って、またどこか別の場所に移り住もうかと」

サヴォーカさんやルフィオが持ってくる仕事を受け始めて三ヶ月超。

手間賃をぽんぽん弾んでくる上、スルド村には散財をする手段がないため、夫役の代役を雇えるくらいの蓄えはできていた。急なお達しだから出発前に手配をすることはできそうにないが、エルバに手配を頼んでいけば、早めに戻ることは可能だろう。

「そうで、ありますか。ですが、一、二ヶ月というのも短くはないでありますＪ
サヴォーカさんはトラッシュに目を向ける。

「貴殿の知恵と力というのをおうかがいしたいでありますＪ
トラッシュは傲然とした目でおれを見下ろし「カカカ」と嗤った。

「やるものだな。俺と同じ考えに至るとは」

つまり、おれと同レベルの考えだったってことか。

あぶく銭に任せた力業だと思うんだが。

「カカカではないでありますＪ
サヴォーカさんは冷めた声と表情で呟いた。

初めて聞く種類の声。初めて見る種類の表情だった。偉そうなことを言っておきながら、おれと同じ考えしかないというオチに腹を立てたらしい。

「失望したでありますＪ
サヴォーカさんは真顔のまま続ける。

こういう怒り方をするタイプなのか。

おれが失望されたわけじゃないんだが、それでも胃袋がキリキリしそうだった。

だが、失望された張本人のトラッシュは自分のペースを崩すことなく「最後まで聞け」と応じた。

「代役の確保や、交代の手続きには時間がかかる。短期間であっても、危険な夫役に従事することは変わりない。その期間の身の安全をどう確保するか。その点についての考えは？」

トラッシュはおれに目を向ける。

「そのあたりについては、特に」

死なないよう事故に注意する、くらいだろうか。

「カカカ」

トラッシュは勝ち誇るように嗤った。

「そこが人間の限界というもの」

「うるさい」

ルフィオが唸る。

サヴォーカさんも冷めた表情を崩していないが、トラッシュは偉そうな顔のまま続けた。

「俺が守ってやる。おまえを」

なに言ってんだこいつ。


「どういう風の吹き回しでありますか？」

サヴォーカはトラッシュを見上げ、問いかけた。

「俺はホレイショの製作物だ」

トラッシュは嘯くように応じる。

「製作者であるホレイショの後継者を守ってなにがおかしい？」

――貴殿はカルロ殿の登用に反対していたでありましょう。

そう指摘したくなったが、カルロ本人の前で、カルロの登用に関することには言及できない。この場ではなにも言えなかった。

「いらない」

ルフィオがトラッシュを見上げて言った。

「わたしが守る」

「それは不可能だ」

「どうして？」

ルフィオの声と表情が、鋭利さを増す。

「警護は時間の投入量が全てだ。これまでのように、空いた時間に足繁く通えばよいというものではない。仮にこの男が二月の間夫役に就くとして六十日、常時側にいる必要がある。おまえたちにそれができるか？　この男を守ることは、今はおまえたちの趣味にすぎん。二人とも、有給の残りは十日強。どうやってこの男を見守る時間をとる？　特におまえは、今回の問題に対応するには全く向いていない。震天狼《バスターウルフ》の姿でも、その娘の姿でも、男ばかりの夫役先に出向くには派手すぎる」

トラッシュに理があると思ったようだ、ルフィオはやや気勢を削がれたような表情を見せた。

「トラッシュなら、守れる？」

「できる。俺の本質は布屑《トラッシュ》だ。どこにでも適当に潜り込むことができる。なにより、俺には、四十日の有給残がある」

ルフィオは雷に打たれたように尻尾を立てた。

「……うそ」

目を見開き、ルフィオは尻尾を震わせる。

「同僚の休暇の消化具合くらいは把握しておくがいい」

トラッシュは勝ち誇ったように「カカ」と嗤った。

そこまで勝ち誇るような話ではない。

そもそもその有給の残り具合はどうなのかという話だが、サヴォーカも、ある種の負けを認めざるを得なかった。

トラッシュの言葉通り、ルフィオでは夫役に出るカルロに張り付いて、守ってやることはできない。サヴォーカならばある程度対応可能だが、カルロの警護は七黒集の正規任務にはなりえない。プライベートとして、休暇を使って対応するしかないが、今年の有給休暇の残りは十日ほどしかない。最悪欠勤、休職をして対応をする手もなくはないが、カルロのために七黒集としての業務に穴を開けるのは、後のカルロの登用にマイナスに作用する危険性が高い。

それを考えると、トラッシュ以上の適任者は存在しないだろう。

カルロの登用に慎重であり、抹殺論すら口にして憚らないトラッシュの真意が読めない点を除いては。

「貴殿を、信用できるでありますか？」

「それはおまえたちが決めることだ。誰が望もうと、誰が望むまいと、俺は俺の好きに動く。気に入らなければ、爪でも牙でも立てに来るがいい」

どう反応すべきかわからないようだ。ルフィオはトラッシュを見据えながらも、動かない。

その時。

やや所在なげな表情で、カルロが「失礼」と言った。

「話に全くついていけていないんですが……まず、ユーキューというのは？」

考えて見ると、当事者であるカルロを完全に置いてけぼりにして話をしていた。

有給休暇という概念は、この大陸にはないらしい。


実を言うと、ユーキューという言葉の意味は知っている。本当はアスガルの掟に引っかかる事項らしいが、ルフィオが口を滑らせた。

つまりルフィオやサヴォーカさんより、トラッシュのほうが自由になる時間が多いので、護衛に向いている。だが、トラッシュという男とルフィオ、サヴォーカさんの間に信頼関係が無いため、妙な空気になってしまっている、というところだろう。

空気が悪すぎるので、話の腰をへし折ってやろうと思ったのだが、狙い通りやれたようだ。

鋭い表情をしていたサヴォーカさんは小さく息をつく。

「申し訳ないでありもます。肝心のカルロ殿を無視して話をしてしまって」

「いえ」

首を横に振り、トラッシュを見上げる。

「今日のところは、お引き取りいただけますか？　冷静に話し合うのは、少々難しい状況だと思いますので」

トラッシュはフンと鼻を鳴らし「確かにな」と呟いた。

「これまでにしておこう。今は俺の意向が伝われば充分だ」

そういったトラッシュだが。

「もうひとつ」

まだ用があるのか。

「ヒドラ皮の加工に手こずっていたな。ヒドラ皮の自己修復機能は温度にして五十度程度まで加熱すれば停止する。ホレイショは鍋で煮た石を当てて調節していた。試してみるといい」

それだけ言うと、トラッシュは「邪魔をした」と告げて踵を返した。

おれがヒドラ皮ジャケットに苦戦している様子を見ていたらしい。

あとでアドバイスを試してみたところ、確かにヒドラ皮の自己修復機能が抑制され、針の魔力制御なしでも楽に作業できるようになった。

養父の縫ったマントに仕事の助言を受けるとは思わなかった。

アスガル魔騎士団、七黒集第一席『傲慢』のムーサが私室でティータイムを楽しんでいると、衣装箱を抱えたルフィオが少女の姿でやってきた。

「あら、いらっしゃい」

身長三メートルのオークの美丈夫は、親戚の娘を迎える主婦のような表情で、震天狼《バスターウルフ》の少女を迎えた。

着衣が習慣化していないことが頭痛の種だったルフィオは、今日は薄緑色の装飾の入った白のワンピースを身につけている。

カルロとの出会いをきっかけに、嗜好に変化が起きているらしい。脱衣癖はそう変わらないものの、衣服に袖を通すことを「気持ちのいいこと」として認識し始めているようだった。

ただし、自主的に身につけるのはカルロが手がけたものだけで、他の者が手がけた衣装には興味がない。カルロの守備範囲外である靴などには相変わらず興味を示さず、素足のまま歩き回っていた。

ルフィオが持ってきた衣装箱の中身は、ルフィオを通じてカルロに修繕を依頼したヒドラ皮のジャケットだった。

ルフィオが身につけ始めた衣装を見れば、カルロという職人の技量は充分わかるが、ちょっとした悪戯のつもりだった。

ヒドラ皮のジャケットには自己修復機能があるので、通常の職人には扱えない。扱えるのは、手数に任せた高速作業のできる百手巨人《ヘカトンケイル》の職人だけだ。

人間の職人であるカルロが、どう対処するか見てみようと思ったのだが。

「驚いたわね」

衣装箱から取り出したジャケットを眺め、ムーサは呟く。

「完璧じゃない。どうやって縫ったか見ていた？」

「熱い石をくっつけておくと、再生しないみたい」

「どれくらい熱い石？」

「ゆでて、布でくるんだくらい？」

沸騰した水以下の温度ということだろうか。ひどく曖昧な情報だが、ルフィオが相手では仕方がないだろうか。

「そんなことで、ヒドラ皮の再生が止まるの？」

ムーサの知識にない方法だ。公になればアスガルのヒドラ皮相場が混乱に陥りそうだ。

「よく知ってたわね、そんなやり方」

「ううん」

ルフィオは首を横に振る。

「カルロは知らなかったみたい。知ってたのは、トラッシュ」

「トラッシュが、彼に？」

それで腑に落ちた。

トラッシュはアスガル時代の仕立屋ホレイショのことをよく知っている。ホレイショ式のヒドラ皮の扱い方を見聞きしていたのだろう。

「うん」

どうも納得いかない、という表情で、ルフィオはうなずいた。

「なに考えてるのかな、トラッシュ」

「なにが気になるの？」

「カルロのこと、どう思ってるのか。こっちだとマッサツスベキ、とかいってるくせに、あっちではカルロに守ってやるっていってた。守ってやるってにおいを出してた。なに考えてるのか、わからない」

ルフィオは珍しく複雑な表情で尻尾を揺らす。

ムーサは微笑した。

「彼の言葉をそのまま信じちゃだめよ。貴女と違って、彼はいろいろこじらせてるから。匂いの方が信用できるわ」

「トラッシュも、カルロのことが好き？」

「貴方みたいにシンプルな感情じゃないだろうけれどね。彼は、ホレイショが作ったマントが、ホレイショのパトロンだった白猿候《ハヌマーン・マーキス》の血を浴びて生まれた呪物《まがもの》。だから仕立屋ホレイショの仕事や技術を、大切に思ってるの。カルロくんのことも大切なのよ、本心ではね」

「じゃあ、どうして？」

「カルロくんの登用に反対かって？」

「うん」

ルフィオはうなずく。

「立ち位置の違いね。サヴォーカちゃんはカルロくんという職人の仕事に惚れ込んで、アスガルに来てほしいと思ってる。貴女はカルロくんって男の子が好きで、カルロくんのところに入り浸ってる。彼の場合は、ホレイショの後継者であるカルロくんに大成して欲しいと思ってる。だから、アスガルに呼ぶことにも慎重なの。カルロくんは人間だから、人間の社会で生きたほうがいいって考え方もあるでしょ？　こっちには、人間はほとんどいないしね」

人間の妻子を持ち、普通の家庭を持つこともできなくなる。

「……連れて来ないほうが、いい？」

「普通ならそうだけれど、彼の場合は、わからないわね。貴女たちの話を聞く限りだと、今居る国があってるとも思えないし」

「うん」

ルフィオは小さくうなずいたあと、また軽く首を傾げた。

「それなら、どうして、マッサツとかいうの？」

「それも、言葉通りにとらないほうがいいわね」

「どうとればいい？」

ムーサは微笑する。

「それは、自分で考えてみて。貴女もそろそろ、そういうことがわかってもいい頃。カルロくんをこの国に連れてきて、そばにいたいと思うなら、なおさらね」

震天狼《バスターウルフ》のルフィオは生物としての強力さだけでアスガル最強の戦闘集団、七黒集の一角を占めている。アスガルという国においては、そういうシンプルなあり方は賞賛すべきものだが、大切なもの、守るべきものを持つなら、そこから一歩踏み出していく必要がある。

愛する者を持つことは、弱みをひとつ抱えることでもある。

武器を増やす必要がある。

抱えこんだ弱さのぶんだけ。


夫役への出発前日には、一通りの仕事を片付け、サヴォーカさんに借りていた素材や道具類を返却した。

代役探しは結局エルバでなく、サヴォーカさんに頼むことにした。代役探しの経験がないことはエルバもサヴォーカさんも変わらない。それなら、エルバよりも行動範囲が広く、連絡をとりやすいサヴォーカさんのほうがいいという結論になった。

出発前日は、ルルの布団と枕をばらし、ルフィオに治癒力を込め直してもらって縫い直して過ごす。

あとは余りの時間と布地を使い、ルル、エルバ、ウェンディのために小物をいくつか作ってみた。

夫役が無事に終わっても、スルド村には戻らない。

代役を雇って夫役を逃れるとなると「その金はどこから」という問題が出てくる。今まで通りの暮らしを続けることは難しいだろう。

新天地を探したほうがいい。

前にサヴォーカさんが言っていた養父の居た店を見に行ってもいいかも知れない。

縫い直した布団と枕を持って行くと、ルルに捕まった。

スルド村で過ごす間に、ルルとも大分仲良くなった。それが災いして、だいぶ泣かせることになってしまった。

エルバやウェンディまで罪悪感やら心配やらで愁嘆祭りだ。

一応夫役を抜け出す算段はあるんだが、流れ者の逃亡犯という立場で「代役を雇える金がある」と説明することも難しい。どうにかルルだけは寝かしつけ、ルフィオの待つ小屋へと戻る。

「おかえり」

「ただいま」

「終わった?」

「ああ」

「じゃ、行こ」

ルフィオは尻尾を振る。夫役に出る前に、もう一度散歩に行きたいらしい。ルフィオの散歩をなめてかかるとひどい目にあう。サヴォーカさんに回してもらったホワイトキメラの毛皮で作った上着と手袋を入れたカバンを吊し、気配を消したルフィオと村を出る。

牧草地で防寒具を身につけ、ルフィオが脱いだ服をカバンにしまう。

大狼の姿になったルフィオの背中に横座りで乗った。

「つかまった？」

「ああ」と応じると、ルフィオは「いくよ」と言って空へ駆け上がった。

あっと言う間に高度が上がり、気温が下がる。

「寒い？」

「そうだな」

冬が近づいているから当然かも知れないが、前に散歩に出たときより冷え込みがきつい。

「低めに飛ぶね」

氷の森から距離を取る形で、ルフィオは東へ駆け出す。

途方もない速さだが、空気の動きをコントロールすることができるらしい。吹っ飛ばされるような風圧は感じなかった。

あっと言う間に海上に出たルフィオは夜の海上を突っ切り、小さな島の上に出る。

いや、違う。

小さな島じゃなくて、島みたいに大きな亀だ。体長でいうと五百メートルくらい。甲羅のあるところに平べったい島を背負っている。

甲羅の真ん中には金色に輝く巨大な水晶柱みたいなものが立っていて、あちこちに小さな池や民家のようなものが見える。

「なんだこれ」

「温泉ガメ。体のあちこちからが温泉が出てるの、降りるね」

そんなのがいるのか。

世の中知らないことばかりだな。

空中から駆け下りたルフィオは、一件の建物の前に降りた。遠目には普通の民家に見えたが、降りてみると、スルド村の民家の五倍くらいの大きさがある。

三階建て。サイズが大きいのは住人が大きかったせいらしい。

建物の中から着物《キモノ》姿の人影が二つ現れた。

緑色の肌に三メートル近い身長。

オークのようだ。

ブレン王国では豚頭の恐ろしい蛮族のように言われている種族だが、確かに顔つきは人間と大差ない。凶暴そうな雰囲気もなかった。

ルフィオと面識があるようだ。オークたちはルフィオに向かって恭しく一礼をすると、「こんばんは、ルフィオさま」と告げた。

「こんばんは」

おれを背中に乗せたまま、ルフィオはゆっくり尻尾を振る。

「お泊まりでいらっしゃいますか？」

オークの男は落ち着いた調子で言った。客商売の声。この建物はオークたちが営む宿屋らしい。

「ううん。温泉だけ。病気を防ぐ温泉ってどこだっけ？」

「それであれば、七番湯がよろしいかと、ご案内いたします」

「ありがとう、ちょっと待って」

ルフィオは身を低くしておれを降ろし、金髪、尻尾の少女の姿になった。もちろん全裸なので、カバンから出した服を着せる。

「そちらのお客様は？」

着物のオークがルフィオに訊ねる。

「カルロ、人間だけどだいじょうぶ？」

「ルフィオさまのお連れであれば支障はございません。ただ、七番湯ですと、お連れ様には深すぎますので、十二番湯にご案内いたします」

着物のオークに先導され、島を歩き出す。少し歩いて行くと、頭の上を大きな魔物が飛んでいった。

羽の生えた、ライオンみたいな生き物。

「なんだ今の」

「マンティコア」

ルフィオは物騒な単語をあっさり口にした。

人食いの魔物じゃなかったか？　確か。

「ここは、アスガルの魔物の湯治場なの。夫役に行くまえに、病気になりにくくなる温泉に入ってもらおうと思って」

「そういうことか」

ゴメルにいたころは週に何度か公衆浴場に通っていたが、スルドに来てからは縁遠くなっていた。

ルフィオの言ったとおり、温泉ガメの島はアスガルの魔物の湯治場であるらしい。歩いて行くと、ドワーフやゴブリン、巨人、馬鹿でかい大蛇などと次々行き会った。

初めて見る種族や生き物ばかりだ。襲われはしないかと肝が冷えたが、湯治場でのもめ事は御法度というルールがあるらしい。何故人間がというような視線や、ルフィオに驚いたような視線が来ることはあったが、ちょっかいをかけられるようなことはなかった。

やがて、目的地である十二番の湯とやらにたどり着く。

着物のオークたちが準備してくれた湯浴み着という白く薄い着物をつけて、ルフィオと並んで湯に浸かった。

裸ではなく、着物をつけたまま入る、というのは初めてだが、悪くない。

というか、ルフィオが裸でないだけでも助かる。

ルフィオの裸は見慣れてきてはいるが、平気になっているわけじゃない。

「いいところだな」

時々低空をワイバーンなどの魔物が飛んでいったり、得体の知れないなにかの咆哮が轟いたりして落ち着かないのが難点だが、いい湯だし景色もいい。

「よかった」

ルフィオは湯の中で尻尾をゆらし、ぱちゃぱちゃと水音を立てた。

案内された十二番湯には、おれとルフィオ以外には客はいない。

「ケガとか、病気とか、しないでね」

「ああ」

この心配ぶりだと、ケガをしようものなら大騒ぎしそうだ。

「カルロ」

ルフィオはおれに目を向けた。

「もうひとつ、したいことがあるんだけど、していい？」

「なにがしたい？」

「魔力、入れていい？　口から」

ルフィオは小さな舌を出す。

「舌入れさせろって話か？」

「うん」

ルフィオはうなずく。

「ケガしたとき、治りが早くなるはずだから。あと、変な魔物がよってこないように……だめ？」

だめだとは、言えなかった。

ルフィオは、口づけという行為にそう重い意味を感じていない。単純に心配だから、用心のために魔力を入れさせろと言っているだけなんだろう。

そう考えると、無碍に断ることも難しい。

夫役に行ってしまえば、当分ルフィオとは顔を合わせられなくなる。

強硬に拒絶して、気まずい別れ方もしたくなかった。

「しかたないな」

「いいの？」

「今回はな」

「うん」

尻尾をぱちゃぱちゃ振ったルフィオは、湯の中から立ち上がる。

濡れた湯浴み着が体に張り付いている。

普段の全裸より、大人びた風情に見えた。

「じっとしててね」

おれの前で中腰になったルフィオは、顔を近づけてくる。

呼吸を整えるような間を少しおいたあと、小さい唇をおれの唇に重ね、舌を差し入れてきた。

舌先に、柔らかいものが触れた。

温かな痺れが舌から首筋、背筋を伝って頭の芯、腰の中心あたりまで広がる。

ルフィオの魔力が流れ込んできているんだろうが、想像以上に強烈な感覚だった。

害はないはずだが、甘く、濃い酒を飲まされているような陶酔感、酩酊感があった。

ルフィオの唇が離れる。

少し紅潮した顔のルフィオは、珍しく気恥ずかしそうに「どきどきする」と笑った。

「なんでかな」

気にしないタイプだと思ってたんだが、そうでもないらしい。それとも、気にしないタイプじゃなくなったんだろうか。

そんな風に感じたが、深く考察する余裕はなかった。

こっちも鼓動と呼吸を整えるのと、変な気分にならないようにするので精一杯だ。

注がれた魔力の影響か、不思議と欲情はしていないが、あくまで「不思議と」だ。

いつそうなってもおかしくない気がした。

第四章　開拓地と泥将軍

出発の日がきた。

エルバやウェンディ、長老ボンドらに見送られておれはスルド村を出た。

まだ夜明け前。敢えて起こさなかったのだろう。見送りにルルの姿はなかった。

上空に体長十メートルの送り狼がいるが、気付いているのはおれだけだった。

一緒に夫役に行く四人の村人とともに山を下り、麓にあるカルディという街に入る。

集合場所となる広場には、周辺の街や村から男たちが五十人ほど集められていた。

出身の村や町ごとに五人ずつ、十人ずつと腰縄でつなぎ合わされ、領主ザンドール男爵の兵隊に囲まれて移動を開始する。

どこに行くとか、どれくらいかかるかとかいう話は一切なかった。「どこに行くんだ」と問いかけた奴もいたが、なにも言うなという指示でも出ているんだろう。「だまって歩け」と一蹴されていた。

ゴメルの衛士頭オルダに氷の森に連れて行かれた時のことを連想した。

進行方向は南。

ゴメルと氷の森の方角。ゴメルに戻ることになるのかと思ったが、少し違った。

ルフィオが起こした火山活動で焼かれた土地に、道が作られていた。今も黒煙をあげるイベル山の方角へ向かっている。

どういうことだ？

どう考えたって、夫役なんかやるような土地じゃない。

治水をするような川もない。

道を作ったって行く先はない。

考えられるとすると、開拓くらいだろうか。

ブレン王国は氷の森の北上に領土を削られ続けている。噴火で焼けた土地から溶岩を剥がして再生し、少しでも国土を取り戻そうって話かもしれない。

森を刺激し、暴走《スタンピード》を引き起こす懸念もある。賢い選択とは思えないが、土地を取り戻したいという心情自体は理解できないものじゃない。

そんな風に思ったんだが、違った。

理解できないことをやっていた。

おれたちは追加、補充要員として徴用されたらしい。

イベル山の山肌には掘っ立て小屋や大型のテントなどの宿舎が並ぶ開拓村のようなものができていた。

夫役で徴用された男たち、それと本職の工夫らしき男たちが、忙しく立ち働いている。

雰囲気は悪くない。和気藹々とはいかないが、役人が拳や鞭を振り回したり、罵声をあげたりしている様子はなかった。

だが、なにをやっているのかはわからなかった。

山肌の火口から流れ出した溶岩を砕いて引っぺがし、剥がしたあとを掘り返している。それと、ルフィオがえぐっていった空《から》のボウルみたいな大穴を起点に、氷の森に向かう水路のようなものを掘り進めている。

どういう趣旨の工事なのか、見当がつかなかった。

開拓村の本部らしき建物の前に整列すると、数人の男が現れた。

ブレン王国の兵士たちと、責任者らしき中年男。

茶色い髪をした三十代半ばほどの男で、軍装の上に赤いマントを羽織っている。

見覚えのある、ぼろぼろのマント。

というか、トラッシュだ。

「守ってやる」と言うだけ言って、それきり音沙汰なしだったんだが、先回りをしていたらしい。

それにしても、滅茶苦茶なところに潜り込んでいる。

呆れつつ眺めていると、責任者らしき男と目が合う。

おれの目を見た男は、「やあ」とでも言うように、ニカリと歯を見せた。

赤マントを身につけてはいるが、トラッシュに取り憑かれているわけではないようだ。トラッシュのそれとは違う、とぼけた雰囲気の笑顔だった。

中年男は兵士たちに「縄をといてやって」と指示する。全員の腰縄がほどかれると、中年男は「おつかれさま、全員座っていいよ」と告げた。

兵士たちが「全員座れ！」と声をあげる。

中年男は改めて口を開いた。

「俺の名はクロウ。このイベル山開拓地の一応の責任者だ。まずはよく来てくれた。君たちはこれから、このイベル山での土木作業に従事してもらうことになる。残念ながら、楽な現場とは言えないが、できるだけ、多くの人間が生きて帰れるように取り計らうつもりでいる。まずは、事故の無いよう心がけて欲しい」

クロウと言う名前には、覚えがあった。

泥将軍クロウ。

王位継承権を持たないブレン王の妾腹の第一子で、ブレン王国軍の将軍。

将軍と言っても、ブレン軍の総司令官は将軍ではなく国王ということになっている。妾腹の王子ということもあって発言力は低く、軍功と言えるような軍功もない。橋や道造り、治水工事と言った土木作業ばかりやっていることから、泥将軍、土将軍といった蔑称で呼ばれているらしい。

「旅の疲れもあるだろうから、詳しい仕事の話はまた明日する。今日は休んで体調を整えてくれ」

そう告げたクロウ将軍は、そばに控えた兵士に「宿舎に案内してやって」と指示をする。

そのあと、またおれに目を向けた。

「カルロくん、おまえさんは残ってくれ。ひとつ相談がある」

赤マントが、なにか吹き込んだようだ。

相談もなにも、面識すらない相手だ。


他の連中は宿舎へと案内されてゆき、おれは開拓地本部の執務室に迎え入れられた。

執務室といっても、スルド村の民家と大差ない雑な造りのもので、備えつけられた机や椅子なども、実用一点張りと言った趣のものだ。応接用の椅子も丸太を円柱状に切っただけの大雑把な代物だった。

「驚かせて悪かったね」

クロウ将軍は、羽織っていた赤マントを脱いだ。

赤マントはふわりと宙に浮かび、例の白い髪に緑の目の怪人トラッシュの姿が現れる。

「彼の紹介でね。おまえさんなら、この開拓地の問題を解決できると聞かされた」

やっぱり勝手なことをされていたようだ。

「彼とお知り合いだったのですか？」

「出会ったのは昨日の夜だ。取り憑かれかけたんだが、見逃してもらえることになってな」

飄々と言ったクロウ将軍は、暖炉のそばに置いて温めてあったケトルを取り上げると、そこから赤茶色の液体をカップに注いだ。

「茶を飲んだことは？」

「いいえ、聞いたことはありますが」

上流階級の人間はそういうものを飲むとは聞いたことがある。

「せっかくだ。試してみるといい」

クロウ将軍は茶のカップに一匙ジャムを落とすと、おれに差し出した。

カップを受け取り、口に運ぶ。

正直なところさほど美味いとは感じなかったが、ジャムの甘みが身にしみた。

ため息をつく。

「取り憑かれかけたというのは？」

「言葉の通りだ」

将軍の代わりに、トラッシュが応じた。

「おまえを守るには、幹部を取り込んでしまうのが一番早いと考えてな。この男に取り憑くことにした。だが、案外話の通じる相手だったのでな。見逃して、相談に乗ってやることにした」

やりたい放題だ。

「相談というのは？」

「少し長い話になるが、かまわないかい？」

クロウ将軍はまた、のんびりした調子で言った。

「はい」

断る理由もない。

「ここでやっている工事は、王太子ブラードン殿下の肝いりでね。殿下の学友である賢士《けんし》ドルカスの立案で始まった。目的は氷の森の北進阻止と氷の森の制圧」

「ケンシ、ですか」

耳慣れない肩書きだ。

「王都の賢者学院を優等で卒業した者に与えられる称号だよ。ブラードン殿下とドルカスの二人に同時に授与された」

殿下と同時、と言うあたりで一気にハクがなくなった気がする。偉い人向けの接待用称号と言ったところだろう。ふらふら森に入って森を怒らせ、暴走《スタンピード》を起こしかける奴が賢い士とは悪い冗談だ。

「知っているかも知れないが、イベル山の周辺は元々氷の森の支配域だった。先のイベル山の大噴火によって氷霊樹が焼き尽くされ、森が後退し、今の状況になっている」

「はい」

犯人が現場の上空に戻ってきている。

「賢士ドルカスは、そこにブレン救国の光を見たそうだ。氷の森は大地の炎である溶岩を恐れる。イベル山の溶岩を氷の森へ流せば、氷の森を押しとどめ、後退させることができると。その試験場が、この開拓地というわけだ」

「うまくいくんでしょうか、そんなことが」

トラッシュが「カカカ」と嗤った。

「うまくいくはずがあるまい。氷の森が恐れているのは震天狼《バスターウルフ》だ。森がこの地から手を引いたのは、奴との衝突を回避したに過ぎん」

ここでの事業を全否定しているが、クロウ将軍は苦笑しただけだった。

「そういうことらしい。大きな声では言えないが、無駄な事業だよ、自殺行為と言ってもいい」

「わかってやっているんですか？　無駄で危険だと」

「ああ」

クロウ将軍は肩を竦めた。

「俺のあだ名を知ってるかい？」

「お噂程度は」

泥将軍。

さすがに本人の前じゃ口にできない。

「気は使わなくていい。泥将軍なんて言われてる冷や飯食いさ。やっちゃいけない事業だってことは、彼に出会う前からわかっちゃいたんだが、王太子殿下肝いりの事業に冷や水をぶっかけるには立場が弱すぎてね。なんで、根回ししながらできる限り工事を遅延させ、暴走《スタンピード》が起きる前に現場をたたもうと考えていたんだ」

そう言ったクロウ将軍は、軽い調子で「おっと」と呟いた。

「今更言うのもなんだが、このことは他の連中には口外しないでくれ。口外したら、おかしな噂を流した奴としてきつめに処分をしなけりゃならなくなる」

なら言うなと言いたいところだが「はい」とだけ応じた。

文句を言えるような身分じゃない。

「そういうわけで、のんびり工事を進めてたんだが、喉や肺を痛める奴が増えて来てね。火口から流れてくる塵が良くないらしいんだが、具体的な対策が見つからない。頭を抱えてたところに彼が現れ、君のことを教えてくれた。君ならば、助けになってくれるはずだと」

「自分が、ですか？」

心当たりというか、できそうなことは思いつかなかった。

トラッシュはまた「カカカ」と嗤った。

「おまえにできることと言えば、ひとつしかあるまい」

おれにできること。

ルフィオに噴火を止めさせる、というのは無理だ。スルド村に火山灰が飛んできたときに相談したことがあるが、火山活動を活性化させることはできても、抑制することはできないらしい。

「なにか縫えと？」

「他におまえになにがある」

トラッシュはクロウ将軍の執務机の上から白い布の塊を取り上げ、おれに差し出した。

「これを週に千枚供給できるようにしろ」

「これと同じものを？」

長方形のガーゼを何枚も重ねて縫い合わせ、左右にヒモのループをつけたものだ。

だが、これをこのまま複製するのはまず無理だろう。

驚くほど縫製が粗い。

どこの子供だ。これ縫った奴。

おれの困惑に気付いたらしい、クロウ将軍はおれに一枚のスケッチのようなものを見せた。

「完成図はこうなる。彼が教えてくれた道具で、気防布《マスク》と言うそうだ。空気に混じった塵を重ねたガーゼで受け止め、体に塵が入ることを防ぐ。これをここで働くもの全員、千人に配布したい。最終的には週に一、二度交換する形でな」

なるほど。

それなら確かに、おれが役に立てる。

それにしても、スケッチとサンプルが別物すぎる。

一体誰が縫ったんだこのサンプル。

「まずは見本を作ってもらいたいんだが、やってくれるか」

「見本ならここにあるではないか」

トラッシュがサンプルを取り上げる。

やや不服そうな表情。

まさか。

「貴方が縫ったんですか？」

「そうだ。流行病が起きたときに、ホレイショが縫っていたものを模した」

トラッシュは元々おれの養父ホレイショが作ったマントだ。だから養父がアスガルでどういう仕事をしたか、どういう風に仕事をしていたかを知っている。

だが、実際に針仕事をした経験はないようだ。

このサンプルの作業精度では、火山の塵を防ぐ効果は全く期待できない。

布の上下、側面などから思い切り入って来てしまう。

「とりあえず、そちらの見本も参考に何点か縫ってみましょう。材料や作業場所などはどうすれば？」

トラッシュの裁縫能力には言及せずに話を進める。

「ああ、そうだな」

トラッシュの見本については、おれ同様扱いに困っていたらしい。クロウ将軍はやや安心したようにうなずいた。

「場所と材料は、明日までに用意する。今日のところは体を休めてくれ。それと、彼との約束で、君には当面この気防布《マスク》の仕事に専念してもらう。土木作業には関与しなくていい」

クロウ将軍に気防布《マスク》の話を持ち込んだトラッシュの狙いはここにあったんだろう。気防布《マスク》作りという針仕事の担当にしてしまえば、危険な土木作業で事故に遭う危険はなくなる。


イベル山の開拓地は当初の想像よりマシな場所だった。

クロウ将軍との面談後、兵士に連れていかれた宿舎は二十人の男が雑魚寝をする、いわゆるタコ部屋だった。

　こればかりは快適とは言いがたいが、食事はまぁまぁ美味かった。

　初期は全力で水路作りをしていたそうで、水も潤沢。地熱で温めた湯を使った風呂まであって、衛生環境は良好だ。

　週に一度ではあるが休日があり、近隣都市であるゴメルに出て行くこともできるそうだ。

　あくまでも夫役であるため額は少ないが、街に出て酒を呑む程度の手当も出る。

　世間一般の地獄の夫役のイメージとはだいぶ違った。

　実際、クロウ将軍以外の仕切りでは、こうぬるいものではないそうだ。

　まずは生活中心というか、人がまともに生きられる環境を組み立てる。作業はその次というのが泥将軍様のやり方らしい。

　この国の王侯貴族としては珍しいタイプのようだ。

　夕食を終え、浴場で汗を流したおれは、溶岩を剥がされた山肌を歩き、ルフィオが開けた大穴の近くに出た。

　計画としては、この大穴から氷の森に向けて溶岩の路を三本引き、最後に火口から大穴への溶岩路を引くことで溶岩を誘導。

　氷の森へと流す手はずだそうだ。

　泥将軍としては「やりたくない」「絶対にろくなことにならない」らしいが、上のほうからは「早くやれ」「臆したか」「寝る間を惜しむな」「粉骨砕身やれ」と圧力がかかっているそうだ。

綺麗な半球状にえぐれた穴を見下ろしていると、頭の上から声が飛んできた。

「あぶない」

大狼の姿のルフィオが近くまで降りてきていた。

背中の上に、サヴォーカさんの姿もある。

「だいじょうぶだった？」

ルフィオは、大狼の姿のままおれに顔を近づけ、頬ずりをする。

「ああ、思ったより大分マシみたいだ」

ルフィオの顎下を撫でて応じる。

もっと苦痛と怒号、異臭や汚物にまみれた、奴隷めいた労働環境を想像していた。こうも簡単に宿舎を離れ、ルフィオやサヴォーカさんに接触できる環境だとは思わなかった。

「それは何よりであります」

ルフィオの背中から降りたサヴォーカさんが言った。

ルフィオは狼の姿から人の姿になる。

スカーフのように首に巻いていた大きな布が形を変え、ワンピースのようになって体を覆う。魔力を通すとくっつく魔磁石《まじしゃく》というものをサヴォーカさんから提供してもらって作ったものだ。

魔力の通し方に応じて大狼のスカーフ、少女の姿の時のワンピースに変形させられる。

「どのような事業をしているのでありますか？」

「山を掘り削って、溶岩を氷の森に流す工事だそうです」

「ふふ、御冗談を」

サヴォーカさんは楽しげに言った。本当に冗談だと思ったようだ。背中に冥花が咲いている。

まぁ、冗談と思うのが普通だろう。

「それが、本気のようで」

「正気でありますか？」

サヴォーカさんは目を瞬かせた。

「そのようなことをすれば、この国は」

「だめでしょうか。やっぱり」

「だめであります。なにもかも凍り付いて、消えるであります。あの村も」

サヴォーカさんは真顔で言った。

「何故、そのようなことを？」

「この国の上のほうと、ゴメルの統治官たちがとち狂ったようです。現場のほうでは、馬鹿なことだとわかっているようなんですが」

「上と言いますと？」

「聞いたところだと、王太子殿下の肝いりだとか」

「そうでありますか」

そう呟いたサヴォーカさんは、ふっと目を細める。

剣呑な光を帯びた目だった。

「サヴォーカさん？」

おれが声をかけると、サヴォーカさんは我に返ったように「失礼したであります」と言うと、内懐《うちぶところ》から小さな紙の包みを取り出した。

「本当は出発の前にお渡ししたかったのでありますが、これをお納めしたいであります」

サヴォーカさんが紙の包みを開く。入っていたのは、小さな植物の種。

「冥花？」

ルフィオが呟く。

「はい、冥花の一種、黒綿花《くろめんか》の種子であります。お側に植えていただければ、お役に立つと思うであります」

「綿花ということは、綿が取れるんですか？」

「もちろん取れるであります。冥花でありますので、物質的なものではないのでありますが」

「物質的でない綿、ですか？」

イメージが思い浮かばない。

「実際にご覧いただいたほうがわかりやすいでありますね」

サヴォーカさんは周囲を見渡した。

「早速でありますが、このあたりに植えていただきたいであります」

サヴォーカさんは、近くの斜面を指さした。

スコップなどは持っていない。斜面を素手で軽く掘り、受け取った種を植える。

「これを」

サヴォーカさんがいつもの旅行カバンから渡してくれた水袋から水をやる。

恐ろしい勢いで、真っ黒い芽が出た。

「もう芽が？」

と言った端から、黒綿花はさらに大きく、高く成長していく。

あっと言う間に枝葉が広がり、そして白い花がつく。

黒綿花と言っていたが、綿花よりひまわりなどに近い構造をしているようだ。地面から太い茎がまっすぐ伸びて枝葉を広げ、てっぺんに大きな花がひとつだけ咲いている。

白い花はすぐに散り、かわりに黒い雲みたいな形をした、ばかでかい綿毛がふくらんだ。樹高は二メートルはあるだろう。

「……なんなんでしょう、これは」

目を丸くして呟いた。

「死霊や精霊、神霊などの衣装に用いる宵闇綿をつける冥花であります。普通の生き物には、見ることもできないので、これで作った服を着ると、裸に見えてしまうのでありますが」

「見えていますけれど？」

「カルロ殿が植えたものでありますゆえ、カルロ殿の眷属ということになるのであります。その場合は姿が見えるのであります」

「人間が持っていいものなんでしょうか、眷属って」

魔物じゃないと持てないようなイメージがあった。

「ご心配は無用であります」

サヴォーカさんは胸を張る。

「相性の悪いものであれば、芽吹くことさえないであります。カルロ殿であれば、きっと良い黒綿花ができると思ったであります。予想以上でありました」

自身の眷属である冥花を咲き誇らせ、笑顔で言うサヴォーカさん。

その足もと、いや、斜面のあちこちから黒い芽が次々と現れる。サヴォーカさんの冥花じゃなくて、黒綿花の芽だ。空に向かって次々と枝葉を広げ、花咲き、綿毛をつけていく。

「なに？」

ルフィオにも黒綿花は見えているらしい。ルフィオは警戒気味にあたりを見回した。

ひまわりみたいな大きさの巨大綿花が、あっと言う間に斜面を埋め尽くし、見渡す限りの綿花畑を形作っていく。

開拓地全体を埋め尽くし、ゴメルや氷の森のほうまで広がってく。

「……いや、ちょっと待て」

繁茂《はんも》しすぎだ。

氷の森にとって黒綿花というのはどういうものなのかわからないが、このまま氷霊樹の生息圏に進出していったら、森を刺激し、暴走《スタンピード》を引き起こすかもしれない。

ぞっとしたが、黒綿花の繁茂は氷の森に到達する寸前で止まってくれた。

おれの制止に反応したように。

安堵のため息をつく。

そこに、男の声が飛んできた。

「なにをしている」

振り向いたが、黒綿花が繁茂しすぎていて見通しが全く利かない。

声からすると、トラッシュだろう。

黒綿花の茂みの向こうから、赤マントの男が姿を見せた。

黒綿花というのは幽霊みたいな植物らしい。歩いて来るトラッシュの姿は黒綿花をすり抜けていた。

「氷の森に宣戦布告でもするつもりか。それならそれで構わんが」

フン、と鼻を鳴らすトラッシュ。サヴォーカさんはやや気まずそうに、「申し訳ないであります」

と言った。

「まさか、ここまでの規模になるとは思わなかったであります」

「予想はできたはずだ。ホレイショが選んだ者に震天狼《バスターウルフ》が加護を与えている。黒綿花など植えさせたら暴走をしないほうがおかしい」

「面目ないであります」

恐縮するサヴォーカさん。

これが普通と言うわけではなく、おれがルフィオに注がれた魔力も作用して起きた異常繁茂ということらしい。

「結構魔力を持って行かれたってことでしょうか？」

「その通りだが、震天狼《バスターウルフ》も魔力を詰め込みすぎていた。今くらいでちょうどいい。おまえも少しは加減を考えろ。わかる者が見たら魔物と間違われかねん」

トラッシュはルフィオにもダメだしをしたが、ルフィオのほうは恐縮したりはせず、知らん顔を決め込んでいた。

尻尾が少し垂れているあたり、やらかした認識はあるようだが。

「普通の人間には、見えていないんですよね？　これは」

「はい」

サヴォーカさんはうなずいた。

「人の迷惑になったりはしないんでしょうか？」

「冥花は冥層、この世界からわずかにずれた位相に根付く異界の花だ。見えない者に実害はない。現状、このあたりの人間で影響を受けているのはおまえ一人だろう。姿を見せるなと念じるがいい。それで見えなくなるはずだ」

トラッシュの指示通り「姿を見せるな」と念じてみると、視界を埋め尽くしていた黒綿花はあっさりかき消えた。

「どうすればいいんでしょう、これは」

眷属と言われても、どう扱えばいいかわからない。

「綿が取れる生け垣のようなものと思っていただきたいであります。氷の森が動いたときには、この黒綿花たちが氷獣や氷霊樹などを押しとどめてくれるはずであります」

氷獣や氷霊樹とやりあえるようなものなのか。

「そんなものを、こんなに生やして大丈夫なんでしょうか」

トラッシュも言っていたが、氷の森に宣戦布告をすることになりかねまい。

サヴォーカさんはまた少し、気まずそうな表情を見せた。

「想定していたより大規模になってしまったのは事実でありますが、ルフィオの縄張りの範囲内でありますので、まずは問題ないはずであります。万一の時には私が責任を持って、森を抑える所存であります」

「抑えられるんですか？　氷の森を」

「ええ。あの規模の存在を相手取るとなりますと、手間が大きい上、余波も大きくなります故、極力避けたいところではありますが」

「ひとりで、でしょうか？」

「もちろんであります。私の不始末でありますので」

サヴォーカさんは真顔で言った。

強がりやハッタリなどではなく、本当に抑えられると考えているようだ。

ルフィオのように実際に戦ったり、森を焼滅させるところを見たわけじゃないが、死神《グリムリーパー》と言うのも、相当に強力な存在なんだろう。

「とはいえ、いくらかは後退させたほうがよいでありますね。恐縮でありますが、下がるよう指示を

お願いしたいでありますⅠ

「指示すれば動くようなものなんですか？」

「冥花でありますので」

説明になっていない気がするが、ともかくサヴォーカさんの言葉に従って「姿を見せろ」と指示してから「後退」と告げた。

黒綿花の綿毛が変形を始めた。

綿でできた虫の足のようなものが次々と伸び、大地を掴む。

そして自分で、地面から根を引き抜いた。

虫が這うみたいに動いた黒綿花たちは、氷の森から百メートルほど距離を取ると、再び根を張り直し、綿の足を引っ込めた。

なんだか悪夢めいた光景だ。

その次は、黒綿花から綿を取ってみる。

「来い」と念じると、綿毛はふわりと飛んで手元にやってきた。

つまんで、よじりながら引っ張るだけで、欲しい太さの糸になった。

普通の綿花は種を取り除いて洗浄、乾燥させ、糸車やスピンドルなどで紡ぐことで糸にするんだが、そういう手間はいらないらしい。望めば望んだとおりの太さの糸や、綿を取ることができる。

綿毛の余りは、手を離すとふわふわ飛んで、黒綿花の上に戻っていった。

面白い植物だが、普通の人間には見えないらしい。

使いどころは難しそうだ。


イベル山の開拓地を後にしたサヴォーカは本国への帰途、ブレン王国の首都ベルトゥに立ち寄った。

ルフィオの背中から降り、ブレン王国王太子ブラードンの住まう離宮の屋上に降下する。

木製の扉を死と風化の力で塵に変え、建物の中に。

そのまま離宮の主人、王太子ブラードンの寝室に入った。

天蓋のついたベッドの上に、黒髪の青年が眠っていた。

目的の相手、ブラードン王太子だろう。

あまり特徴のない男だ。

太っても痩せてもいない。

美男子でもないが不細工でもない。

眷属である冥花の中から黒い薔薇を実体化させ、寝ているブラードン王太子を軽く縛った。

ケガをしない程度に締め上げると、ブラードン王太子は目を覚ました。

枕元に立つ少女の姿に気付くと、ぎょっとしたように目を見開き「おまえは」と呟いた。

現実感が薄いというか、夢を見ているような気分のようだ。そこまで怯えたり、警戒するような様子はなかった。

「私は死神《グリムリーパー》」

サヴォーカは淡々と告げる。

「殿下が主導なさっているイベル山の事業に関して、助言と警告に参上したであります」

「死神《グリムリーパー》？」

王太子の顔が強張った。

「私を、殺すのか」

「殿下次第であります。殿下がイベル山での事業を断念してくださるのなら、二度と、殿下の前には現れぬであります」

「断念しないと言えば？」

「そうでありますね」

サヴォーカは手袋を外し、ベッドの天蓋を支えるマホガニーの柱に手を触れた。

赤茶色のマホガニー材は、すぐに黒く、次いで白く変色し、塵となって崩れ落ちた。

「塵に還っていただくことになるであります」

ブラードンは息を呑む。

だが、完全に震え上がるようなこともなかった。

王太子は死神《グリムリーパー》と名乗る少女を見上げ、鋭い表情で応じる。

「イベル山の事業には王国と、人類の未来がかかっている。脅された程度で立ち止まるわけにはいかない」

「殿下の理想そのものが間違っているとは、申し上げないでありまず。しかしながら、イベル山の事業は手段として不適当であります。現在氷の森の動きが止まっているのは、イベル山の火山活動が原因ではないのであります。イベル山に現れた震天狼《バスターウルフ》という魔物の力を恐れてのことであります。そこを誤解したまま、イベル山の事業を続ければ、氷の森は暴走《スタンピード》、あるいは大暴走《ヘル・スタンピード》を引き起こすことになりましょう。かえって王国の未来を損なう結果を導くであります」

氷の森は大陸の半分を埋め尽くす超巨大群体生物だ。ルフィオとの対立を回避したままでも、イベル山を迂回してブレン王国を滅ぼす程度のことは可能だろう。

イベル山の事業は、その呼び水となりかねない。

カルロ一人を守るだけならどうとでもなる。最悪アスガルに連れて行ってしまえばいいのだが、カルロのもとに通った三ヶ月で、サヴォーカはカルロがいたスルド村の住人たちに接触し、顔や名前を覚えてしまった。

ルルやエルバ、ウェンディなどが苦しみ、凍え死ぬような結末は見たくなかった。

「対案はあるのか?」

「イベル山の事業は、暖を取るために自分の家を燃やすようなものであります。焼け死ぬからやめろと言う話であります。寒いと言われましても、知ったことではないであります」

「その話が、真実であるという証拠は?」

「震天狼《バスターウルフ》というのは私の友人でもありまして。どうぞこちらへ」

王太子を縛っていた黒薔薇のつるをほどき、立ち上がらせて寝室の窓辺に出る。

「南をご覧いただきたいであります」

サヴォーカがそう告げると、大地が揺らぎ、南方に巨大な火柱が上がった。

大地を割り迸《ほとばし》った岩漿《マグマ》の火柱。

「な、なんだ？」

「震天狼《バスターウルフ》が、地の底から岩漿《マグマ》を引き出したものであります。大きな災害にはならぬよう加減はしておりますのでご安心いただきたいであります」

事前の打ち合わせ通りに、ルフィオが離宮の前に飛んできて、王太子に姿を見せる。

下手にしゃべると威厳がなくなる。ルフィオは事前の指示通り、無言で、青い目で王太子を見下ろす。

身をすくませるブラードン王太子に、サヴォーカは静かに告げた。

「ご理解いただければ幸いであります」


地獄を味わう覚悟だった夫役の仕事は、想像していたものより長閑《のどか》なものになった。

作業場として提供されたテントの中に陣取って、作業員たちのための気防布《マスク》を縫うのが基本業務。

あとは破れた作業着、テントの補修なども請け負う。

開拓地の買い物係を通じて生地を買い入れ、空き時間に肌着や毛布、靴下などを作ると、クロウ将軍や将軍直属の兵士などにちょこちょこ売れた。

開拓地暮らしの最大の問題は、クロウ将軍も言ったとおり、火口からの塵による空気の悪さなんだが、このあたりも改善しつつある。

ケガの功名というか、異常繁茂した黒綿花が塵を吸い付け、空気を浄化してくれているらしい。

黒綿花から細い糸をとり、ガーゼのように織ってテントや宿舎にかぶせてやると、屋内ではマスクが黒く汚れるようなこともなくなった。

黒綿花からとった糸は、黒綿花の主人となっているおれの思考に従ってコントロールできる。簡単な織物なら、専用の織機がなくても作ることができた。

おれより一日前にクロウ将軍と接触していたトラッシュは、クロウ将軍が他国から招聘《しょうへい》した魔法使いという名目になっており、赤マントに貴族風の派手な衣装のまま、開拓地を闊歩している。

実際クロウ将軍の相談役のようなこともしているらしいが、基本的にはおれの仕事場であるテントに陣取って、気防布《マスク》と悪戦苦闘している。

手先は不器用らしい。センスもなさそうだが、どうやら、針仕事が好きなようだ。上機嫌には見えないが、飽きる様子もなく、真剣にやっている。

正直なところトラッシュがいてもいなくても作業効率は変わらない。時々「ここはどうなる」「どうすればいい」という質問で手を止められるのでややマイナスくらいだが、守ってもらっている立場では文句は言えない。

それに、そこまで気になりもしなかった。

本当に煮詰まらないと質問をしてこないので「最初から教える」と言うと「黙れ」「おまえの世話にはならん」「聞かれたこと以外言わなくていい」と、妙な抵抗をしてくるのが面倒なところだが、厄介な点はそれくらいだ。

そんな昼下がり。

テントの中でトラッシュと二人。雑談も談笑もなく、黙々と気防布《マスク》作りをこなしていると、見慣れない人影が姿を見せた。

テントと言っても軍隊の野営用に作られた大型のテントだ。ちょっとした見世物ができるくらいの広さがある。その入り口に姿を見せたのは、黄色いローブを纏った細身の人影だった。

「ごめんください」

フードを深く被っているので顔は見えなかったが、女性の声だ。

「カルロという方を訪ねてきたのですが」

「カルロは自分ですが」

立ち上がって答えると、ローブの女性はするりとフードを下ろす。

それだけで理解できた。

魔物だ。

短めの金髪に黒い瞳、白い肌。人間離れした顔立ちをしているわけではないが、人間にはありえないほどの美貌の持ち主だ。

年齢は、よくわからない。

外見的には三十代くらいに思えるが、纏った空気はさらに若いようにも、ずっと老成しているようにも感じられた。

「良かった。お目にかかれて光栄です」

女性はふわりと微笑んだ。

「私の名はミルカーシュ。この地にホレイショ様のご子息がおいでになると聞き及び、お訪ねいたしました」

「はじめまして。アスガルからおいでになったんですか？」

養父はあっちでは有名人だったようだ。

「はい」

ミルカーシュと名乗った女性は朗らかな表情でうなずいた。

「いつもサヴォーカやルフィオ、ロッソがお世話になっているようで」

「ロッソ？」

ミルカーシュさんがサヴォーカさんやルフィオの関係者というのは特に驚くことじゃない。むしろ、あの二人の関係者以外の魔物がやってくるほうが怖い。

だが、ロッソという名前には覚えがなかった。

「申し訳ありません。ここではまたトラッシュと名乗っているのでしょうか？」

トラッシュの別の名前がロッソということらしい。

どこかの言葉で『赤』って意味だっただろうか、布屑《トラッシュ》よりはましな名前に思える。

そのトラッシュは、フン、と鼻を鳴らし、鋭い目でミルカーシュさんを見上げていた。

敵意はないが、警戒、それと畏怖に似た色が見えた。

トラッシュの視線は気にせず、ミルカーシュさんは続けた。

「夫へのプレゼントをご依頼したいのですが、相談に乗っていただくことはできますか？」

夫へのプレゼント。

人妻らしい。

「ここが、どのような場所かはご存じですか？」

「夫役でここにおいでになっていることは聞き及んでいます。やはり、今は難しいでしょうか？」

「小物程度であれば、お作りできると思いますが……」

空き時間はあるし、トラッシュやルフィオたちの知り合いなら、納品などもやりやすいだろう。

「失礼ですが、トラッシュたちとはどういうご関係なのでしょう」

トラッシュの反応を見る限り、普通の友人ではなさそうだ。

「詳しいことはお話しできないのですが、元上司と部下と言ったところです。今は私は引退しているのですけれど」

「そうですか」

ミルカーシュさんのほうが上司らしい。ルフィオやサヴォーカさん、トラッシュなどより上の世代に見える。

「ご依頼というのは、どのような？」

「こちらなのですが」

ミルカーシュさんは胸元まで上げた掌を上に向ける。その上に、赤い光の魔法陣のようなものが浮かび上がる。そこから濃紺の蝶ネクタイらしきものがあらわれた。

結構年季が入っている上、あちこち焼け焦げたり破れたりしていた。

「これと同じものを、もう一つ作っていただくことは可能でしょうか？」

受け取り、検分してみる。

「こちらでは手に入らない布地のようですね」

また魔物系謎素材のようだ。絹、あるいは髪の毛などに似ている気がするが、微妙に違う。

「アラクネの糸を使った織物です。布地はこちらを」

ミルカーシュさんはまた魔法陣を出し、そこから濃紺の布地を取り出した。

時空間魔法ってやつだろうか。

人間が使おうとすると脳が沸騰したり発狂したりすると聞いたことがある。

しかし、蜘蛛《アラクネ》の魔物の糸の織物か。

ルフィオと出くわして以来、謎素材があたりまえになってきている。

「大分小ぶりのようですが、サイズもそのままで？」

夫へのプレゼントと言っていたが、ほとんど子供用と言っていい寸法だ。

「はい、サイズは変わっていないはずですので」

そう言ったミルカーシュさんは、悪戯っぽく微笑むと、こう付け加えた。

「少年族《ハーフリング》なんです。私の夫は」


アスガル魔王国首都ビサイド。

七黒集第七席『怠惰』兼魔王、少年族《ハーフリング》のアルビスは、魔王宮の玉座の上で軽く身震いをした。

玉座の隣、魔王妃の座にちらりと視線をやる。

昼過ぎあたりから、妻の姿が見当たらない。

アルビスの妻は奔放だ。よくあることではあるのだが、妙な胸騒ぎがする。

「なにか？」

先の囚人反乱で追跡を逃れて地下に潜伏していたシン・魔王同盟の残党、自称第六六六天魔王ノブヒコの捕縛について報告していたサヴォーカが問う。円卓の間ではなく玉座の間であるため、関係は七黒集同士ではなく、魔王と魔騎士である。

「少しばかり、胸騒ぎがしてな」

「ノブヒコがなにか？」

「いや、ノブヒコはどうでもいい」

アルビスは魔王妃の座に再度視線を向ける。

「ミルカーシュのほうだ」

見本の蝶ネクタイ、素材となるアラクネの織物をおれに預けたミルカーシュさんは「またおうかがいします」と告げて去って行った。

妙に疲れた。

ミルカーシュさんは恐ろしげな態度を取ったりはしていない。

強烈な魔力だとか、プレッシャーを放ったわけでもないんだが、いつの間にか、全身がガチガチに強張っていた。

「どういう方なんでしょう？　あの方は」

ただ会っただけでここまで消耗させられたのは、生まれて初めてだ。

「正体までは明かせんが、アスガルで最強の魔物だ。おまえのような弱者を害するような御方ではない」

「御方、ですか」

大物ということだろうか。

「御方だ」

トラッシュは真顔で言った。

「おおらかな御方だが、非礼はするな。あの御方の怒りを買うことになれば、人間の心臓程度は恐怖だけで止まる」

「気をつけます」

怒りを買わなくても、充分寿命が縮んだ気がする。

「ところで、ロッソと言うのは？」

「俺に自我が目覚める前、ただのマントだったころの名だ。あの御方に呼ばれるのはどうしようもないが、もう捨てた名前だ。おまえは忘れろ」

「自分としても、布屑《トラッシュ》より赤《ロッソ》のほうが呼びやすいんですが」

「知ったことか」

トラッシュは鼻を鳴らす。ロッソという名に拒否感があるようだ。まぁ、本人が嫌がっている名前を無理に呼んで怒らせる必要も無いだろう。

素直に諦めることにした。


その日の夕方頃、ルフィオが仕事場に顔を見せた。

雑居、雑魚寝のタコ部屋宿舎より、おれとトラッシュしかいない仕事場のほうが顔を合わせやすいので、仕事が終わる少し前にやってくることが多い。

ミルカーシュさんの来訪については、ルフィオは無頓着だった。

「来てたの？」

と言って目を丸くはしたものの、トラッシュの時のような大きな反応は示さなかった。

「どういう人なんだ？」

基本の作業時間を終え、気防布《マスク》作りで出た糸くずなどを片付けつつ尋ねる。

「話しちゃいけないことが多いんだけど」

テントに敷いた絨毯の上にぺたんと座って言うルフィオ。「仮眠用に」と言ってサヴォーカさんが持ってきてくれたものだ。アスガルに住む大羆の毛皮を加工したものらしい。

アスガル羆は体高五十メートルくらいあるそうだ。

「強いよ。サヴォーカとトラッシュを入れて、七対一で戦って、やっと勝負になるくらい」

楽しそうに言うルフィオ。ミルカーシュさんには好意的らしい。トラッシュが来たときとは態度が大分違う。

「戦ったことがあるのか？」

「あるよ。そのネクタイも、その時こげたのだと思う」

「……ミルカーシュさんの旦那さんのだよな？」

夫へのプレゼントと言っていた。

「うん」

「何があったんだ？」

素材はアラクネの糸を使った織物。サヴォーカさんの衣服に使っている吸血羊の毛織物に負けないくらいの強度がある。そう簡単に焼いたり引き裂いたりはできないはずだ。

「そのネクタイの持ち主が、ミルカーシュさまにけっこんを申し込んだの。でも、ミルカーシュさまは自分に勝てる相手としかけっこんできない人だったから、わたしとかサヴォーカとかトラッシュとかで加勢して、なんとか」

「七対一でか」

ありなのかそれ。

「うん」

ルフィオはしれっとうなずいた。

「勝てればよかったから。何人がかりでも」

一人で火山噴火を起こすルフィオ、それと対等らしいサヴォーカさんにトラッシュ、それと今のミルカーシュさんの旦那を含めた七人。それでようやく勝負になる。

「魔王かなにかなのか？」

ルフィオはぴんと尻尾を立てて、「ないしょ」と言った。

適当に言ったんだが、結構近い線を突いていたのかも知れない。

もう少しつつけば、もう少し話してくれそうだが、話してはいけないことを興味本位で話させても仕方ない。やめておくことにした。

それは、死神《グリムリーパー》サヴォーカがカルロに与え、カルロの手で開拓地に根付いた黒綿花の内から目覚めた。

真夜中。黒綿花の上からふわりと夜空に浮き上がった綿毛の群れは、もこもこと姿を変えて、猫のような大きさの黒い綿の子羊に変わった。

ヌエー。

夜空に漂いながら、やや間の抜けた鳴き声を上げる。

ヌェー。

開拓地からゴメル郊外にかけて群生した黒綿花の数は優に一万本を超える。

そのうち、子羊の形になった綿毛は八十八。

黒綿花が氷の森から自身と主人《カルロ》を守護するために、自らを急速進化させて作り出した哨戒、戦闘用の綿毛である。

綿の子羊たちは中核となる指揮個体コットンリーダーを司令塔に開拓地の上空、そして氷の森との境界線近くをふわふわと飛び回り、哨戒活動を開始した。

黒綿花と同様、綿の羊の姿は常人には見えない。

騒ぎになるようなことはなかった。

それと時を同じくして、氷の森は十数匹のネズミ型の氷獣を、開拓地へ送り出していた。

震天狼《バスターウルフ》と事を構えるつもりはないとは言え、黒綿花の異常繁茂、そして震天狼《バスターウルフ》と同等以上の力を持つ魔物たちが次々に現れ始めた開拓地を放置はできない。

開拓地の内情を把握するために放った、潜入、偵察用の氷獣である。

綿の子羊の出現は、氷の森の活性化を察知した黒綿花の防衛反応によるものだった。

子羊たちは、氷の森より這い出したネズミたちを水際で迎え撃つ。

(コットンワンよりコットンリーダーへ。氷獣の侵入を確認した。迎撃を開始する。コットンツー、コットンスリー、ケツからかますぞ、ついてこい)

そんな言葉を吐いた黒い子羊コットンワンは夜空を疾駆し、氷の森より飛び出した四匹の氷ネズミの後方につく。

綿の体から数十本の糸を出し、それを針のように硬化させて投射。

タタン!

黒い針は氷ネズミを二匹続けて撃ち貫き、地面に縫い止める。

残りの二匹も後続のコットンツー、コットンスリーが放った針に射貫かれて、動きを封じられる。

(ハリネズミにしちまったな)

コットンワンはクールに呟く。

黒い子羊の針は魔力を帯びている。滅多刺しにされたネズミの氷獣たちは機能を破壊され、ただの水となって崩れ落ちた。

(コットンワンよりコットンリーダーへ、四体撃破、だが全部じゃない)

（了解した。コットンリーダーより全騎。引き続き警戒を続けろ。ネズミどもを一匹たりとも通すな。敵さんの領域には入るなよ）

（まだるっこしいこって）

コットンツーが呟く。

（そう言うな。オレたちが開戦のきっかけを作るわけにもいかないんだ。行くぞ。十時方向に尻尾が見える）

僚騎を諭したコットンワンは、再び地上のネズミめがけて加速した。

なにか、変な声が聞こえた気がした。

ヌエー。

なんだ？

何を縫えって？

薄く目を開ける。開拓地の宿舎の中だ。

ヌェーヌェー。

だからなんの音だよ。

毛布から這い出し、周囲を見回す。音の源はわからないが、やけに暖かい。全身に、大狼のときのルフィオの毛皮に似た暖かさを感じる。

ヌェー。

なんなんだ。

上着を羽織って宿舎を出てみたが、変な音の発生源はわからない。

井戸のそばまで出ると、近くのベンチにトラッシュが陣取っていた。

「おはようございます」

おれが声をかけると、トラッシュは「フン」と鼻を鳴らした。

「少し追い払え、毛玉に見えるぞ」

「ケダマ？」

そう問い返すと、トラッシュは「気付いていないのか」と言った。

「黒綿花どもに姿を見せるよう命じろ。それでわかる」

言われた通り、黒綿花に「出てこい」という指示を飛ばす。

それで、見えるようなった。

おれの体中に取りついている、黒い子羊どもの姿が。

黒綿花の頭にくっついている綿毛に似た質感だが、独立した生き物というか、子羊のぬいぐるみのような姿だ。

おれの周りに群がり、ふわふわ浮かんだり、高速で飛び回ったりしている。

そして、ヌエーヌェーと鳴いている。

ヌエヌエと言ってたのはこいつらか。

「なんなんです、こいつら？」

肩や頭にくっついていた謎の子羊をはがしつつ訊ねる。やけに暖かかったのもこいつらのせいらしい。

「バロメッツだ。黒綿花より上位の霊樹で、羊の成る木と呼ばれる。正確には見ての通り、木綿の羊ができる。注がれた魔力が強すぎ、変異を起こしたようだな」

トラッシュは「カカカ」と嗤う。

「どうすればいいんでしょう」

「どうにもならん」

トラッシュは両手を広げ、にやりと嗤う。

「そういうことになったと思って慣れるがいい。番犬代わりとしては優秀な連中だ」

そう言ったトラッシュは、内懐から小さなガラスの瓶を取り出した。中に水のようなものが入っている。

「小型の氷獣が潜り込もうとしていたのを、その連中が防いだ。感謝してやることだ」

「氷の森が攻撃を？」

「攻撃と言うほどではないな。ただの偵察だろう。俺やルフィオ、サヴォーカが現れた上に黒綿花が繁茂し、あの御方まで現れたのだ。放置できるほうが異常だ。大規模な攻撃などはあるまい」

「そうですか」

感謝と言っても、どう扱っていいかわからない。

ルフィオのように喉を撫でてみたら、ヌェーと鳴いて逃げられた。

本当に綿の塊らしい。

ひたすらふわふわした感触だった。


ブレン王国王太子ブラードンが死神《グリムリーパー》と、震天狼《バスターウルフ》に接触してから一ヶ月。

ゴメル統治官ナスカの長子、賢士ドルカスは賢者学院の学友であり、親友でもある王太子ブラードンから呼び出しを受け、王宮の執務室に赴いていた。

「すまないな。突然呼びつけて」

「殿下のお召しとあればいつなりと」

ドルカスは涼やかに応じる。

「どのような御用向きでしょう」

「イベル山の開拓事業についてだが、進捗はどうなっている？」

ブラードンは重々しい表情で問う。

「完成度は未だ三割程度にとどまっています。急がせてはいるのですが、相変わらず、溶岩が硬い、空気が悪いなどと言い訳が多く」

イベル山の工事を指揮しているのはブラードン王太子の異母兄クロウ将軍。

だがクロウ将軍はイベル山の事業には懐疑的な立場であり、溶岩を氷の森に流すための工事をのらりくらりと遅らせている気配があった。

できることなら、より協力的な人間を使いたいところだが、溶岩路の構築などという工事を任せられる人間は限られる。クロウ将軍の代わりが見つからないのが現状だった。

当初は別の人間に任せていたのだが、人足を闇雲に使い潰した挙げ句、十日ともたずに行方不明になっている。

人足の恨みと恐怖を買い、火口から投げ落とされたと思われるが、仔細を確かめる術はなかった。

「そうか」

ブラードン王太子はため息をつく。

安堵に似た表情だった。

「我が国は、泥将軍に救われたようだな」

「御冗談を」

ドルカスは微笑して言った。

「ブレンの救国の英雄は、ブラードン殿下以外にありえません」

ブラードン王太子は、ブレン救国の英雄となる。

いや、この大陸の救世主となる。

その頭脳として、ドルカスは歴史に名を残す。

「いや、違う」

ブラードンは首を横に振った。

「認めたくはないが、我々は間違った。イベル山の事業は中止とする」

「お、お待ちください！」

ドルカスは目を見開いて言った。

「なぜ突然そのような！」

「許せ」

顔を蒼白にするドルカスに、ブラードンは詫びた。

「おまえに恥をかかせることになってしまうが、溶岩忌避説には重大な疑問点があることがわかった」

「疑問点、とは？」

「イベル山の噴火には、伝説の震天狼《バスターウルフ》が関与していた。氷の森が恐れているものは、イベル山でも火山活動でもなく、震天狼《バスターウルフ》である可能性が高い。その場合、イベル山の溶岩をもって森を制するという計画は、森を闇雲に刺激するだけということになる」

「震天狼《バスターウルフ》？」

地脈を統べる最強の狼。

その力は大地を容易に引き裂き、天をも震撼させるという。

——世迷い言を。

そんなもの、伝説上の存在に過ぎまい。

そう思ったが、相手は王太子である。一笑に付すことはできなかった。

「伝説は、伝説に過ぎないのではありませんか？　震天狼《バスターウルフ》など、実在するはずが……」

「私は直接震天狼《バスターウルフ》を目にした。先日、王都で地震が起き、岩漿《マグマ》の柱が上がったことは知っているな。あれは、震天狼《バスターウルフ》の仕業だった。ここ最近、ブレンやその近辺に良く飛来しているようだ。直接の証言はないが、各所で金色の流星や帚星の目撃証言があった」

妄言ではないようだ。明確な根拠を持って話しているときの表情だった。

「し、しかし」

ドルカスは震える声で言った。

「イベル山の事業を中止するのは行き過ぎかと。我が国には氷の森への対抗策が必要なのです。百年後、二百年後のブレンの未来のために！　イベル山の事業は、そのための試みです！」

ドルカスは叫んだが、ブラードンの表情は揺らがなかった。

「おまえの熱意はわかっている。おまえの赤心も疑ってはいない。だが、今回のことは誤りだった。震天狼《バスターウルフ》という要素を見落としていた以上、計画を継続することはできない。今日の内に、計画の中止を父に言上する。心配するな。おまえやナスカには、責が及ばぬよう取り計らおう」

賢士ドルカス、統治官ナスカ親子の提案、王太子ブラードンの肝いりで進められていたイベル山の事業は、そうして中止が決定された。

溶岩路構築というバカ事業がめでたく中止になった。

サヴォーカさんとルフィオの暗躍、もしくは脅迫が功を奏してブレンの王太子ブラードンが計画を見直してくれたらしい。

といっても、計画中止おめでとう、よし解散だ、と言うわけにもいかない。

掘ってしまった溶岩路を埋め戻さないといけない。

溶岩路はまだ作りかけだが、イベル山の火山活動が激しくなった時には、溶岩を効率よく森に流してしまう構造になっている。放っておくと、氷の森を刺激する原因にもなりかねない。さらに一ヶ月ほどかけて、溶岩路の埋め戻しや施設の解体などの撤収作業を行うことになった。

ここまで来たら乗りかかった船だ。最後まで付き合うことにした。

そんな中、おれはクロウ将軍から「軍属にならないか?」と誘われた。

クロウ将軍の執務室に呼び出されたおれは、ジャムの入った茶のカップを片手に問い返す。

「軍属ですか?」

「ああ、おまえさんがいるといろいろ便利だ。部下になって力を貸して欲しい。今なら装備課長の肩書きをやれるが、いらんか?」

クロウ将軍は笑って言った。事業中止が決まって肩の荷が下りたのか、最近は上機嫌だ。

「装備課というのは現存しているんでしょうか」

名ばかり管理職の匂いがする。

「あるにはある。五年ほど前から要員ゼロだがな」

やっぱり名ばかりのようだ。

「少し、考える時間をいただいても？」

「他に仕事のアテがあるのか？」

「具体的なアテはないんですが、行ってみたいところがあって。将来のことは、そこに行ってから考えようかと」

クロウ将軍の誘いは悪いものじゃない。おれみたいな場末の古着屋が、軍属になれるっていうだけ結構な出世だ。クロウ将軍の人となりも悪くない。

だがその前に、アスガルに行ってみたかった。

アスガルで、養父がやっていたという店を見たい。

今のおれの選択肢は、単純に言うと二つある。

クロウ将軍の誘いを受け、軍属の裁縫師として、人間相手に仕事をしていくか。

あるいは、サヴォーカさんのような魔物を相手に仕事をしていくか。

そのあたりの判断材料として、知っておきたかった。

アスガルに居た養父が、どういう仕事をしていたのか。どういう暮らしをしていたのかを。

イベル山の事業中止によって最大の打撃を受けたのは、この事業に私財を投じていたゴメル統治官ナスカである。

官僚貴族、つまり成り上がりと言われる家門に誰もが認めるような功績を、という思い。氷の森の北上から国家と子孫を守りたいという願いから、長子ドルカスの才覚に賭けたナスカの決断は、惨めな形で打ち砕かれることになった。

名誉欲、権勢欲に突き動かされた部分は大きいが、それと同等程度の愛国心、そして家族愛もナスカにはあった。

故に、ナスカはイベル山の事業の立案者であるドルカスを責めはしなかった。

「おまえが間違っていたわけではない。ブラードン殿下の器と覚悟が、我々が頼むに足るものではなかったのだ。今は時期を待とう。おまえの正しさを認められる時は、いつか必ずやってくる」

そう言って、ナスカは息子ドルカスを慰めた。

だが、ナスカがドルカスの成功を見ることはなかった。

イベル山の事業停止から一週間後。ナスカは喉に触れた刃《やいば》の感触で目を覚ました。

その時にはもう、手遅れだった。

兇刃に気道を切り裂かれたナスカは、声をあげることすらできずに絶命した。

何が起きたのか、誰の差し金かを、死に至るまでのわずかな時間に悟りながら。

――ブラードン。

ブレン王国の王太子ブラードン。

ドルカスの親友であり、ナスカの支持を受けていながら、ドルカスやナスカを裏切り、イベル山の事業を中止させた王太子。

ナスカの報復を恐れ、先手を打ってきたのだろう。

ブラードンという男を、甘く見すぎていた。

ここまで早く、苛烈な手を打ってくるとは思っていなかった。

――ああ。

後悔と恐怖の中、気道に流れ込む自らの血に溺れるように、ナスカは事切れた。


ゴメル統治官ナスカの死をおれに教えてくれたのはクロウ将軍だった。

ズボンをこっそり直して欲しい。腹が膨らんだのを人に知られたくない、と頼んできたクロウ将軍は、採寸作業の合間に「ゴメルの統治官殿が殺された」と教えてくれた。

「なにがあったんでしょうか」

「一応賊の仕業ってことになってるが、おそらく、ブラードン殿下の仕業だろう。ここの事業を中止するということは、この事業を推進してた統治官殿の顔に泥を塗ることでもある。本格的に敵に回る前に、先手を打って片付けたんだろう。なんだかんだで、統治官殿は有力者だった」

「ゴメルはどうなるんでしょう」

「統治官の家は取り潰しらしい。中小貴族に対する不正な財貨の貸し付けや、汚職やらでな」

そう告げたクロウ将軍は思い出したように「そうだ」と呟いた。

「しばらく役人に気をつけろ」

「役人、ですか？」

おれは一応盗品売買の容疑者だ。普段から気をつけなければいけない身分ではあるが。

「統治官の息子の賢士ドルカスが、官憲の目をかいくぐって逃げてる。おまえさんはドルカスに背格好がよく似ているからな。間違って捕まって、取り調べでも受けることになったら面倒だろう」

「そうですね」

ブレン王国の取り調べとは、つまり拷問だ。

誤認逮捕でもただでは済まないだろうし、例の盗品売買容疑のカルロとばれてもまずい。

なかなか大手を振って歩ける身分にはなれないようだ。

それにしても、おれが濡れ衣を着せられる原因になった賢士ドルカスが逃亡者。

奇妙な気分だ。

「ざまあみろ」というには、顔もよく知らないのでぴんとこない。

めでたく事業が中止になった、と思ったはしから統治官が殺され、その息子のドルカスが逃亡者になる。

　政治の世界の怖さ、酷薄さに、背筋がぞわりとするのを感じた。


（マニューバーブロークンサンダー！　遅れるなよ！）

（あいよ！）

（あらよっと！）

　夕暮れの空をバロメッツたちが飛びまわっている。

　基本ふわふわ空中に浮いていたり、のんびり空中散歩をしているが、時々稲妻みたいなスピード、曲芸みたいな軌道で飛び回ったりする。氷獣とやり合うだけあって、見かけよりずっと戦闘的らしい。

　開拓地近くに飛んできた飛竜《ワイバーン》に突撃し、追い払ったこともあった。

　ちなみにバロメッツを引っ張ると、黒綿花と同じく糸や綿が取れる。

　特に嫌がりはしないし、手放すと元に戻るが、どうも微妙な気分になるので、素材にはしていない。

　開拓地から少し離れた丘陵の草原の上、頭の下には大狼姿のルフィオの尻尾。

　足もとにはやや大きめのバロメッツが一匹。

　バロメッツのリーダーらしい。他のバロメッツたちが離れている時でも、こいつだけはそばから離れない。

「開拓地は来週の頭で閉鎖になる。夫役の仕事もこれで終わりだ」

「朝まで？　夕方まで？」

「朝だな」

来週末で開拓地での仕事は終わり、その翌朝に解散ということになる。

「……仕事の日」

ルフィオは無念そうに言った。

「そうか」

アスガルに行ってみたいという意向は、ルフィオとサヴォーカさん、トラッシュに伝えてある。都合がつくなら迎えに来てほしかったが、タイミングが合わなかったようだ。

「夕方までどこかで待ってて、迎えにいくから」

「わかった。トラッシュと行くところがあるから、ゴメルの町外れのほうで待ってる」

「どのへん？」

「あのへんかな」

ルフィオの尻尾枕から上体を起こし、ゴメルの街のほうを指さす。

「ゴメルの南の外れに養父の墓がある」

「ホレイショのお墓？」

「ああ、久しぶりに顔を出したいのと、トラッシュが連れて行けって言っててな」

アスガルに行きたいと言ったら、急にそんなことを言い出した。

「わかった。そっちに迎えに行く」

そう言ったルフィオは、尻尾で草原を軽くぽふぽふ叩いた。

「もどって」

「これでいいか？」

尻尾の上に頭を戻す。

「うん」

ルフィオは満足げにそう言った。

最近のルフィオは大狼の姿でくっついてくることが多い。バロメッツたちが現れたことで『毛皮の者』としての敵愾心を刺激されたらしい。


アスガル魔王国首都ビサイド。

円卓の間。

『怠惰』のアルビスの蝶ネクタイに気付いた『傲慢』のムーサは「あら」と声をあげた。

「久しぶりに見たわね、そのネクタイ」

「いや、あれとは別だ」

アルビスは首を横に振る。

「結婚記念日のプレゼントらしい。元のはあいつにもぎ取られてたんだが、カルロのところに持ち込んで複製させたらしい。とうとう勘づかれた」

アルビスは肩を竦めた。

「さすがにばれるわよね。これだけ騒いでたら」

ムーサは微苦笑する。

「どんな反応？」

「気に入ったようだが、今のところ手を出すつもりはないようだ。動向を眺めて面白がっているな。特にあの三者の変化を」

「……面白いわよね、確かに」

「面白がらないでいただきたいであります」

『あの三者』の中で唯一同席しているサヴォーカが抗議した。

「ごめんなさい」

「あいつが動いていることを黙っていた奴に言われたくはない」

アルビスは蝶ネクタイを大げさにいじってみせた。

「魔王への背信だ」

「申し訳ないであります。結婚記念日の贈り物と言われては、さすがに言えなかったであります」

「そういうところにつけ込んでくる女だぞ。あいつは」

アルビスはため息をつく。

「それはそれとして、貴方自身の感想はどう？　アルビス。そのネクタイを見て」

「合格だろう。ホレイショ並みとはまだいかないが、アスガルでも充分に通用するはずだ。その上、裁縫術の使い手とあれば、取らない手はない」

「私も賛成でいいわ。きちんとした仕事はしてもらったしね」

ムーサは羽織っていたヒドラ皮のジャケットを撫でて見せた。

「貴方はどう？　ランダル」

ムーサが声をかけた相手は、人間で言うと十八くらいの年頃の少年である。

七黒集第四席『憤怒』のランダル。

黒髪に黒い瞳、黒い毛皮のコートを羽織っているが、体のあちこちがクロームの金属に覆われていた。

「オレっち？」

ランダルは自分を指さす。

「前と同じだぜ？　どっちでもいい。興味ねぇや」

軽い機械音を立てながら、ランダルは頭の後ろで手を組んだ。

「D《ディー》もどっちでもいいって言ってたわよね」

そう呟きながら、ムーサは空席になっている『嫉妬』のトラッシュの座を見る。

「あとは彼だけね。そろそろ素直になってくれればいいのだけれど」

第五章　大暴走《ヘル・スタンピード》と繊維の盾

イベル山での夫役の仕事は、二ヶ月足らずで無事に終わった。

スルド村から一緒に来た四人はもちろん、他の村などから徴用されてきた連中たちも大きなケガをすることなく、それぞれの郷里へと帰っていった。

クロウ将軍とその直属の部下たちは慰労のためゴメルの市街に立ち寄り、おれとトラッシュはゴメルの南の外れにある養父ホレイショの墓を訪れた。

「ここか」

養父の墓石を無言で見下ろすトラッシュ。

トラッシュは元々、養父が製作したマントだ。思うところは色々あるのだろう。

こっちも何も言わずにいると、トラッシュの頬を、光るものが伝っていった。

一瞬眼を疑ったが、間違いない。

涙だった。

おれが目を丸くすると、トラッシュは「フン」と鼻を鳴らした。

「……笑うがいい」

「無理を言わないでください」

驚きはしたが、茶化すようなことじゃない。

「外しましょうか?」

ここまではっきり悲嘆の感情を見せるとは思わなかった。

おれはいないほうがいいかも知れない。

そう思ったが、トラッシュは「ここにいろ」と言った。

「おまえがアスガルに行く前に、話しておかなければならないことがある」

「なんでしょう」

ルフィオが迎えに来るまではヒマだ。話をする時間はある。

「アスガルで見聞きしたことは、こちらの世界では口外するな」

「ええ」

そのあたりは、サヴォーカさんにも言われている。

言っても問題ないことがほとんどらしいが、万一問題のあることを口にして、それが発覚すると刺客が飛んでくる上、ルフィオやサヴォーカさんも責任を問われるらしい。

「それと、アスガルでは、ホレイショの関係者であることは他言するな。ホレイショはアスガルでは有名人だ。相手によっては攻撃をふっかけられる可能性がある」

「アスガルでなにかやらかしたんでしょうか。養父は」

時折ルフィオが口を滑らせる内容を総合すると、相当物騒な土地柄であることは間違いないが、仕立屋がいきなり攻撃をふっかけられるようなものなんだろうか。

　少しの間の後、トラッシュは言った。

「ホレイショは、候殺《こうごろ》しと言われている」

「コウゴロシ？」

「アスガルには三候《さんこう》と呼ばれる強力な魔物がいる。魔王ではないが、魔王に準じる程度の力を持つものだ。その一角が、俺がロッソと呼ばれていたころの所有者、白猿候《ハヌマーン・マーキス》スパーダ。ホレイショの個人的な友人であり、パトロンでもあった。だがある年、スパーダの頭の中に悪性の腫瘍が生じた。スパーダは苦しみ、狂乱しながら、生物として強力過ぎたために、死ぬこともできなかった。最後には理性を失い、血族を食い殺す始末でな。俺が布屑《トラッシュ》になったのはその時だ。狂乱したスパーダ自身の爪牙に引き裂かれた」

　トラッシュは灰色の空を見上げる。

「それを止めたのがホレイショだった。結果は逆だが、おまえが震天狼《バスターウルフ》にしたことと似たことをした。強靱すぎ、誰にも殺せなかったスパーダの胸を鋏で貫き、スパーダに引導をわたした。その時にまき散らされた血から、俺は魔力と生命を得た。それを最後に、ホレイショはアスガルから姿を消した。ホレイショは、スパーダを殺したかったわけじゃない。スパーダ自身にそう望まれて、スパーダのためにやったことだった。それでも候殺しということで、ホレイショは伝説になった」

　そう言った後、トラッシュは「カカ」と笑った。

強がりのように聞こえた。

「おまえはその伝説の候殺しの後継者ということになる。アスガルは腕力主義のバカの巣窟だ。迂闊に身元を明かせば、おまえを倒して武名を挙げようという者がわんさと湧いてくるだろう」

「魔窟かなにかですか、アスガルってのは」

「魔窟以外のなんだと思っていた」

トラッシュは鼻を鳴らす。

「魔物の国だぞ」


カルロとトラッシュがホレイショの墓所を訪れていた頃、無人となったイベル山に一人の男の姿があった。

銀色の髪と赤茶色の瞳。カルロに似た背格好の青年。

亡きゴメル統治官ナスカの長子、賢士ドルカス。

父ナスカの死、家の取り潰し、そして逃亡生活によって、かつての秀才、貴公子の面影は喪われている。

ぼろぼろのローブを羽織ったドルカスは痩せ衰えた体に鞭打ち、荒い息を吐きながら、イベル山の火口付近に魔石を埋め込んでいた。

反応石。

稲妻の魔力を通すと強力な爆発を起こす。賢者学院時代にドルカス自身が開発したが、出力が安定せず、ゴメルの外れの地下壕に保管していたものだ。

ドルカルは麻袋一杯の魔石を火口の側面に仕掛け、距離を取る。

大岩の影に身を隠し、仕掛けた魔石に向けて人差し指を伸ばした。

指先に魔力を収束し、解き放つ。

「雷撃《ライトニング》」

青い稲妻が走り、反応石を撃つ。

耳をつんざくような音と共に、反応石が炸裂した。

大小の爆発が火口の側面をえぐり、砕く。

赤く輝く岩漿《マグマ》が流れ出す。

「……そうだ！　いけ！　あふれだせ！」

ドルカスは狂気めいた表情で叫び、笑う。

その笑いは、すぐに途切れた。

たったひとり、時間も準備もなく、ろくな計画もなく仕掛けた発破。狙い通りにいくはずもなかった。

岩漿《マグマ》はドルカスが望んだように氷の森に流れ込むことはなかった。氷の森のある南方ではなく、西の方向にわずかに広がっただけだ。

流出そのものも、すぐに勢いを失う。

「違う！　そうじゃない！」

ドルカスは絶叫する。

この程度では、話にならない。

ドルカスの望みは、氷の森に溶岩を流すことだ。

そうしなければ、溶岩忌避説の正しさを、ドルカスの正しさを証明できない。

たとえ間違いであったとしても、かまいはしなかった。

溶岩忌避説が間違いでも問題はない。

氷の森の暴走《スタンピード》。

望むところだ。

全て凍って、滅びてしまえばいい。

自分を、父ナスカを切り捨て、葬ろうとしたブレン王国など、凍って砕けてしまえばいい。

だが、これでは、どうにもならない。

なにも変わらない。

「流れろ！」

絶叫する。

「流れろ！　流れろっ！　流れろ流れろ流れろぉぉぉぉぉぉぉぉぉぉっ！」

血走った目で、狂気めいた勢いで叫ぶドルカス。

その叫びに応えるように、大地が揺らいだ。

イベル山の火山活動によるものではない。

それは、氷の森から生じた衝撃だった。

突如現れた地割れが、イベル山の山肌を這い上がっていく。

一息に、岩漿《マグマ》をたたえた火口へと到達する。

岩漿《マグマ》が流れ出す。

ドルカスが望んだとおりに。

だが、岩漿《マグマ》が氷の森に到達することはなかった。

火口からの岩漿《マグマ》に立ち塞がるように、白いものが地割れを逆流していく。

白いものは、雪であった。逆向きの雪崩のように地割れを這い上がり、大蛇が食らいつくように岩漿《マグマ》とぶつかり合う。

水蒸気がまき散らされ、入道雲のような煙があがる。

雪の勢いはイベル山の岩漿《マグマ》のそれを上回っていた。

岩漿《マグマ》を押しつぶし、凍り付かせて遡上。そしてイベル山の火口に到達し、覆い被さる。

岩漿《マグマ》との接触で生じた水蒸気が圧力を生じて爆発、押し寄せる雪を吹き飛ばしたが、雪の勢いが衰えることはない。もがく獣を絞め殺すように、雪の大蛇はイベル山の火口を押しつぶし、凍り付かせた。

氷の森から溢れ出した雪はイベル山を埋め尽くし、一匹の大ミミズのような氷獣となってイベル山を取り巻いた。

震天狼《バスターウルフ》と対決し、一蹴された守護氷獣の十倍以上の巨体。過去に確認されたことのない、史上空前の大氷獣だった。

震天狼《バスターウルフ》に対抗するために、氷の森が構築した決戦用の氷獣。

氷の森は、雪で埋め尽くした山の中腹から、賢士ドルカスの体を浮かび上がらせた。

水蒸気の爆風に巻き込まれ、雪崩に押しつぶされたドルカスは、既に虫の息である。

溶岩忌避説などという珍説を唱え、氷の森への挑戦を主導した愚かな人間。

まずは殺しておくことにした。

一人一人は愚かであっても、的外れな試みを繰り返すだけだとしても、知識や経験の蓄積を許せば、百年後、二百年後には、氷の森を脅かしうるかも知れない。

イベル山を覆った雪の中から細い氷柱《つらら》を伸ばし、ドルカスの頭蓋を貫く。

その記憶を吸い上げつつ、凍り付かせて、バラバラの肉片にする。

手に入った記憶は、存外に興味深いものだった。魔力や知的水準などは知れているが、ブレン王国の内情に通じており、ブレン王国を深く憎んでいる。

ならば、この人間にやらせてみてもいいだろう。

ドルカスという男の憎しみに、力を与え、復讐をさせてやるのも一手だろう。

ブレン王国は、氷の森に挑戦した。

復讐をしなければならない。

だが、氷の森は復讐が下手だ。

簡単に凍らせて、殺してしまう。

人を苦しめ、絶望させ、後悔させることには、人間に一日の長がある。

氷の森は雪を動かし、人形を作る。

そこにドルカスの記憶と意識を流し、人型の氷獣に仕立てあげた。


（なんなんだあのデカブツ）

（山が埋め尽くされちまったぞ）

（なんてこった）

（こちらコットンリーダー、全騎、現状を報告しろ！）

イベル山が、雪と氷獣に呑まれた。

イベル山にはまだ黒綿花が残っていたが、ほとんどが雪に埋まってしまったようだった。

イベル山にいたバロメッツたちはどうにか難を逃れ、最初からおれのそばに居た四匹と合流した。

「なんで、今更氷獣が」

バカ事業は中止になった。おれとトラッシュがここからいなくなって、ルフィオがここに来る理由もなくなるっていうのに、どうして今更。

それとも、いなくなるから動いたんだろうか。

そんなことを思ったときには、もう、地獄は目の前まで迫っていた。

氷の森から、白い霧のようなものが押し寄せてくる。

トラッシュが叫ぶ。

「俺を着ろ！　バロメッツを逃がせ！」

事態は飲み込めてないが、ともかくトラッシュが突き出してきた赤マントを受け取り、羽織る。バロメッツたちにも「空に逃げろ」と指示を出した。

（コットンリーダーより全騎、雲の向こうに抜けろ！　のみ込まれるな！）

バロメッツたちが次々と灰色の雲の向こうへ消えていく。

おれに赤マントを渡したトラッシュの人間体の姿も消える。

その瞬間、妙な光景が脳裏に浮かんだ。

見覚えのない、宮殿のような空間。

そこにたたずむ、見覚えのある男の姿。

それは、おれが知っているものより一回り若い、養父ホレイショの姿だった。

誰かの記憶。
タイミングからすると、たぶんトラッシュの記憶が流れ込んできているんだろう。
脳裏に浮かんだのは、養父にマント作りを頼んでいる光景。
養父に採寸を受けながら、談笑をしている光景。
養父から納入されたマントを「ロッソ」と名付けている光景。
養父に裁縫を教えろといい、大きな手で、不器用に針を動かしている光景。
腫瘍による激痛にのたうちながら、「ロッソ」を引き裂いた光景。
狂気に苛まれながら「殺してくれ」と、養父に懇願した光景。
鮮血の中立ち上がり、慟哭した光景。
姿を消した養父を捜す風景。
『どうした、しっかりしろ』
脳裏に声が響いた。
トラッシュの声。
気が付くと、白い霧のようなものに取り囲まれていた。
足もとの土や草などが白く凍り、霜に覆われている。
「なんだ、これ」
『寒波が押し寄せてきた。霧は水蒸気が凍ったものだな』
異様に冷えるのはそのせいか。

トラッシュが防護してくれているのか、凍傷などは起こしていないが、靴や衣服、髪などのあちこちに霜が降りている。

『離れるぞ。長居しても益はない』

トラッシュがそう告げたとき、霧の向こうから人影が現れた。

銀色の髪に赤茶色の眼。おれと同じような背格好。

見覚えのあるような、ないような顔だ。

ともかく、普通の人間じゃない。

氷の霧の中を平気で歩いている上、大量の氷獣を伴っていた。

こんな人間がいるわけがない。

おれに目を向けた男は、強い敵意を帯びた声で「カルロというのはおまえか」と言った。

「そうだが、なんの用だ？」

男は鼻を鳴らした。

「おまえに用はない。用があるのは、おまえのもとにいる魔物のほうだ」

「あんたは？」

「私はドルカス。かつてのゴメル統治官ナスカの長子であり、今は氷の森の獣の一匹だ。アスガルの魔物よ。おまえを喰らいに来た」

ドルカス。

言われてみると、眼や髪の色がおれと同じだ。どこかで見た顔だと思ったのはそのせいらしい。官憲に追われていると聞いたが、巡り巡って氷の森に取り込まれたってことだろうか。

『俺を喰らう？』

トラッシュは『カカカ』と笑い声をあげた。

「そうだ。カルロの元に集まった魔物の中で、おまえは突出して弱い。内在する魔力は他の魔物に劣らないが、それを充分に使いこなすことができていない」

『よくも抜かした。試してみるか？』

おれのつま先が勝手に動き、トントンと地面を叩く。

いわゆる憑依状態らしい。おれの体の制御権は、トラッシュに渡った状態のようだ。

『しばらく足を借りるぞ』

一方的にそう言うと、トラッシュはおれの体で足を踏み出した。

かと思った時には、ドルカスの正面まで踏み込み、その首を足で蹴り飛ばしていた。

おれの足を使っているとは思えないスピード、関節の可動範囲だった。股関節が外れたんじゃないかという不安さえ感じた。

ドルカスの首は斧でもたたきつけられたみたいな勢いで千切れ飛ぶ。

ドルカス本人が言ったとおり、ドルカスは人の自我を備えた氷獣となっていたようだ。首をはねられたドルカスは、そのまま氷の塊になって砕け散る。

次いでドルカスが従えていた氷獣たちが襲いかかってくるが、トラッシュの相手にはならなかった。

大型の熊、狼、鹿などの氷獣たち、リス、鼠、兎などの大量の小型氷獣群、さらには守護氷獣と思われる大型氷獣すら現れたが、トラッシュはそれらをすべて、一撃で蹴り殺した。

足しか使わないのは、裁縫屋のおれの手を傷つけまいとする配慮のようだ。

『これで終わりということはあるまい？』

氷獣達を一通り片付けたトラッシュはフンと鼻を鳴らした。

そこにまた、声が響く。

「もちろんだ」

そう答えたのは、最初に粉砕されたはずのドルカスの声だった。

そのこと自体は、大した問題じゃない。

問題は、ドルカスが増えていることだ。

推定百人のドルカスが、おれたちをぐるりと囲んでいた。


氷の森の大寒波はカルロとトラッシュのいるゴメル周辺のみにとどまらず、ブレン王国の南部全域を一斉に襲った。

大暴走《ヘル・スタンピード》。

人に、なすすべなどない。

打つ手などない。

「火を焚け！　建物から一歩も出るな！　近くの人間と身を寄せ合え！」

ゴメルの酒場で部下たちと過ごしていたクロウ将軍は毛布をひっかぶってそう叫んで回り、体温を奪われて倒れ、動かなくなった。

スルド村の老婆ウェンディは、平地を埋めて村へと迫ってくる氷の霧を見た。

ウェンディが氷の霧を見るのは、これが初めてではない。

ウェンディは元々、ゴメル南方にあった村の出身者だ。暴走《スタンピード》によって故郷を、家族を奪われている。

「氷の霧が来る！　暴走《スタンピード》が来るよっ！　みんな家に戻って火を焚いて！　早く！　早く！」

半狂乱になって叫び、牧草地の羊飼いたちを呼び戻す。

火を熾し、ルルを寝床の中に入れて、あるだけの布地をかぶせた。

戻って来たエルバとともに家の隙間を埋め、ルルの寝床に入り込む。

「ばばさま？」

「これから、外が恐ろしく寒くなる。だから身を寄せ合って乗り切るんだ。しばらくの間、我慢しとくれ」

ルルの髪をそっと撫でて、そう告げた。

それから間もなく、氷の霧がスルドを呑み込んだ。

建物が凍り付き、おぞましい軋みを立て始める。

凍り付いた木材が、内側から霜に覆われていく。

――ああ。

だめだ。
どうしようもない。
助からない。
みんな凍ってしまう。
みんな死んで、森に飲まれてしまう。
——神様。
——どうか、お救いください、この子らを。この子だけでも。
少しでも冷気から護ろうと、ルルの体をかき抱きながら祈る。
その祈りは、届かない。
老婆が祈った神の元には。
だが、別の神がいた。
軍服風の衣装を身につけた、少女の姿の死神が。

ゴメルの街角で肺を凍り付かせ、血を吐いて倒れたクロウ将軍は、ゴメル統治府前の広場で目を覚ました。
「将軍っ！」

クロウの顔をのぞき込んでいた部下たちが野太い歓声をあげる。

「無事なのか、おまえたち」

必死であがきはしたが、心の底では絶望にかられていた。

どうしようもないと。

みんな、死んでしまうのだと。

だが、死の寒波は和らいでいるようだ。地獄のような冷気は、今は感じられなかった。

「空から、大きな金色の狼が現れて、あれを」

部下の一人が広場の噴水の上を指さす。

そこには、太陽のように丸く、明るく輝く炎の玉が浮いていた。

寒波そのものは、まだ収まっていない。

火球が発する熱と光が寒波を受け止め、死の冷気を阻んでいた。

「将軍の凍傷をいやすと、広場でじっとしているように告げ、飛び去って行きました」

「狼がしゃべったのか?」

「はい、人間の子供のような声でした。まだ子供なのかも知れません。これを」

部下は金色の獣毛を一本、取り出し、クロウに見せた。

「その金色の狼が落としていったものです」

その毛には、見覚えがあった。

——あいつの身内か。

カルロが身につけていた獣毛の腕輪と同じものだ。トラッシュと名乗るマントの魔物の庇護対象になっているだけでも謎めいた存在と言えたが、トラッシュ以外にも魔物の身内を持っていたらしい。

それも。

「震天狼《バスターウルフ》か」

イベル山の事業中止の理由として、その存在は知らされていた。最近になって、ブレン王国内に出没していると見られる伝説の魔物。

——どういう奴なんだ。一体。

マントの魔物トラッシュ、そして震天狼《バスターウルフ》に接点を持つ人間。

一体何者だという疑念が、改めて脳裏を横切る。

クロウはあえて、それを問わなかった。

下手に知ろうとすれば、トラッシュ、カルロとの友好関係を損なう危険が大きい。

あえてグレーにしておいたほうが得るものが大きいという判断だった。

——なんでもいい。とにかく、味方であってくれ。

大暴走《ヘル・スタンピード》。

人の力では、どうすることもできない。

救いがあるとすれば、震天狼《バスターウルフ》の力、トラッシュという魔物の力、そして、カルロの存在だけだろう。

スルド村の上空に陣取った死神《グリムリーパー》サヴォーカの手には一本の大鎌があった。

柄の長さは三メートル足らず。太い木の枝から琥珀の刃が突き出した構造になっている。

大鎌を片手で持ち上げ、肩の高さで構える。

サヴォーカには、火や熱を生み出すような力は無い。

ルフィオのように火球を出して寒波を防ぐ、という単純なやり方はできない。

スルド村を含めた山岳地帯の中心座標に移動し、そこから琥珀の大鎌を地上に向ける。

ゆっくり、大きく、輪を描く。

その動きに合わせ、凍りついた地表に琥珀色の光の輪が描かれる。

光の輪から、金の光の壁が立ち上がり、繭のように山岳地帯を覆った。

柔らかい光を放つ繭だが、しかし決して穏やかなものではない。

封殺繭《ふうさつけん》。

繭に触れたものを全て『殺す』機能を持つ、呪いの繭である。

その殺傷力は、寒波という『現象』すらも殺し、その影響を封じ込めることができる。

もちろん、普通の生き物が触れても殺してしまうので、もう一手間必要だ。

「恐縮でありますが」

サヴォーカは琥珀の鎌を天に掲げる。

「しばらくの間、眠っていただくであります」

琥珀の鎌が冷気を裂いて一閃した。

封殺繭の内側の地面を、金色の光が真一文字に駆け抜ける。

一筋の金の光は、そこから大地に呪文を描くように分散し、封殺繭の内側に巨大な魔法陣を構築した。

封冥陣《ふうめいじん》。

魔法陣上の全生命体を、冬眠に似た仮死状態とする術。

仮死状態の間は、通常ならば凍死をしてしまうような温度下でも真の死に至ることはない。うっかり封殺繭に手を出して死ぬようなこともない。

――こんなところでありましょうか。

氷の森の暴走《スタンピード》については、ある程度の対策と行動計画を立てていた。

震天狼《バスターウルフ》が恐ろしいといっても、氷の森も、いつまでも頭を抑えられたままでよしとするはずがない。

遠からずルフィオへの対抗策を用意して動き出すというのが、サヴォーカとルフィオ、トラッシュの共通見解だった。

スルド村近辺の防衛は、その行動計画の一端だった。

人間の保護は、基本的にサヴォーカの役回りとなっている。

本当はルフィオのほうが向いているはずなのだが、最大の保護対象であるカルロが危険にさらされている状況でルフィオを別の場所に回すことは難しい。

結果、後方支援のような仕事はサヴォーカが一手に引き受けることになっている。

現場直近ということでゴメルの住人の保護だけはルフィオに任せたが、あとは全部サヴォーカの担当だ。

ある意味貧乏くじだが、文句を言っている時間は無い。

琥珀の大鎌を構えなおしたサヴォーカは、次の目標地点への移動を開始した。


「やはり、おまえは弱い」

ドルカスたちが言った。

「思い切り遠巻きにしてなに言ってんだ」

トラッシュの代わりにツッコミを入れてみた。

距離を詰めると蹴り潰されるからだろう。ドルカスたちは距離を三十メートルくらい開けている。

だが、皮肉が通じるような精神性は持っていないようだ。ドルカスたちはおれを無視して続けた。

「震天狼《バスターウルフ》であれば、今頃勝負がついている。おまえは震天狼《バスターウルフ》に比肩しうる魔力を持ちながら、器がそこに追いついていない」

話の内容は、なんとかわかった。

白猿侯《ハヌマーン・マーキス》スパーダの血によって生まれた魔力に、ズタズタのマントという器が耐え切れていないという話だろう。強大な魔力を持っているのに、充分に使いこなせていない。

『カカカ』

トラッシュは哄笑する。

『それがどうした。貴様をあしらう程度であれば、馬鹿力など必要ない』

「弱者よ、餌食となれ。適者生存、弱肉強食の摂理に従うがいい」

会話が成立してない。

地面が揺れた。白い霧の向こうから、なにかが押し寄せて来ているようだ。

『その手で来るか』

「どの手です？」

勝手に納得されても困る。

トラッシュは短く言った。

『雪崩だ』

言うのが遅い。氷の霧の向こうから、白い巨獣のように押し寄せてきた雪崩はドルカスたちを巻き込み、そのままおれたちをのみこんだ。

視界が真っ白く染まり、視界が暗転する。

（次から次へ！）

（お次はなんだ？）

（雪崩だ雪崩！）

少しの間、気を失っていたらしい。

バロメッツが鳴く声が聞こえた気がしたのは気のせいだろうか。

闇の中で目を瞬かせる。

何かが、硬いものをひっかいているような音がした。

トラッシュの声がした。

『気が付いたか』

トラッシュはいつものように『カカカ』と嗤う。

「ここは？」

『雪の中に決まっているだろう。雪崩に呑まれたのだ』

親切のつもりだろう。トラッシュはおれの目の前に小さな光の球を浮かべた。透明で球形の魔力の障壁を作り、雪に押しつぶされるのを防いでくれたようだ。

それはいいが。

カリカリカリ……。

カリカリカリカリカリカリ……。

障壁の上を白い手や爪が這い回り、ひっかいている。

人の手が多いが、獣や鳥、トカゲの爪のようなものも混じっている。さらには巨大な獣の顎《あぎと》が食らいついてきたり、いくつものドルカスの顔が浮かびあがったりしている。

地獄みたいな光景だ。

「……なんなんです、これ」

『奴らが言っていた通りだ。俺をカモと思っているようだ。内在している魔力の量のわりに、実際に発揮できる力が小さいとな。俺を喰うことで、ルフィオやサヴォーカとの戦いを有利に運べると考えているのだろう』

「どうするんです？」

『どうもせん。このまま籠城だ。そろそろルフィオが飛んでくる。あとは任せればいい。多少は戦力をそろえたようだが、ルフィオとサヴォーカが来れば終わりだ』

「ふん」

おれは意識して、鼻を鳴らした。

トラッシュの言う通り、ルフィオとサヴォーカさんが来れば、なんとかしてくれそうな気がするが、気に食わなかった。

「……おまえだけで充分なんじゃないのか？　本当だったら」

『なにを言っている？』

「ごまかすな」

あえて普段の口調で言った。

「見えちまったんだよ。おまえの記憶みたいなものが。おまえがどうやって生まれたのか、どんな風に過ごして来たのか。おれのことをどう思ってるのか」

トラッシュは返事をしなかった。

どう反応していいのか、わからないのかも知れない。

触れて欲しくないところであることはわかっている。

だから、やりたいことだけ、言いたいことだけ言うことにした。

「おまえを縫わせろ。本当のおまえの姿に戻させろ。氷獣が言ってるのか、ドルカスが言っているのかはわからないが、とにかく言わせるな。思わせるな。おまえが弱いとか、おまえがカモだとか」

トラッシュがこじらせている理由はわかった。

こじらせた気持ちも理解できた。

もういいだろう。

これ以上引きずる必要はない。

これ以上苦しむ必要はない。

本当は、責任を感じる必要だってないことだ。

布屑《トラッシュ》なんて自虐をする必要はない。

本当の力を抑えて、弱者だのカモだのと言われる必要も無い。

そんな姿を見ていたくない。

おれを護ってくれている奴が、おれの将来を案じてくれている奴が、誰かに侮られる姿など見たくない。

『わかって言っているのか？　俺がどうして、布屑《トラッシュ》でいるのか』

「ああ」

流れてきた記憶によると、トラッシュ、もしくはロッソは、主である白猿候《ハヌマーン・マーキス》スパーダによって引き裂かれたマントにホレイショに引導を渡されたスパーダの血がしみこんで生まれた。

白猿候《ハヌマーン・マーキス》スパーダの姿と魔力、そして記憶を引き継ぐ形で。

その結果、ロッソは生まれながらスパーダの記憶と罪悪感を背負うことになった。

親友であったホレイショに自分を殺させ、候殺しという名を背負わせ、未来を奪ってしまったという罪の意識と絶望を。

ロッソに自我が芽生えた時には、ホレイショはアスガルにはいなかった。

アスガル大陸を出たことはわかったが、それ以上足取りを追うことはできなかった。追いついてどうするのか、連れ戻すことができるのか、連れ戻すことがホレイショの幸福につながるのか、そんな疑問が、ロッソの足を止めさせた。

そのまま時は流れ、ロッソはズタズタの体《マント》を直さないまま、トラッシュと名乗るようになった。

直さない理由は、罪悪感だった。

トラッシュはスパーダの記憶を引き継いでいる。

狂乱し、ロッソというマントを引き裂いたスパーダの記憶を引き継いだトラッシュは、引き裂かれた体《マント》を補修することを、自分の罪を糊塗《こと》する行為のように感じ、潔しとしなかった。

それが自らの力を制限し、自らの寿命を削ることになると知りつつ、布屑《トラッシュ》という自虐的な名を名乗り、補修の勧めを拒み続けた。

そうして、ルフィオがおれを見つけた。

おれの存在を知ったトラッシュはある決意をした。

ホレイショに作られたマントとして、ホレイショの親友の記憶を持つものとして、ホレイショの後継者を護ろうと。

最初は、おれをアスガルに呼びたがるサヴォーカさんやルフィオと対立していたらしい。

おれをアスガルに呼ぶことで、ホレイショの悲劇のようなことが起きないか心配したようだ。

人間は、人間の世界で成功したほうがいいのではないか、という思いもあったのだろう。

だが、おれが夫役に行くことになり、暢気なことはしていられなくなった。

トラッシュは生まれて初めて長期休暇を取っておれの護衛につき、そして今に至った。

「もういいだろう？　ホレイショが、おまえに望んでることがあるとしたら、それはスパーダのことを後悔し、背負い続けることじゃない」

『自由に生きろとでも？』

「いや」

まぁ本音を言うとそれだと思うんだが、こいつのこじらせ具合を考えると、それだと納得しそうにない。

「おれを護って、導くことさ。兄弟子として」

『兄弟子？』

「ああ、ホレイショに弟子入りしてたんだろ？」

ホレイショから裁縫を習っている光景が見えた。

『気まぐれに裁縫を学んだだけだ。正式に弟子入りをしたわけではない』

「それでも、あんたはおれが知らないことを知ってる。ヒドラ皮の扱い方や気防布《マスク》の作り方なんて、おれは教わってない。人間の世界のやり方しか習ってないんだ。あんたはホレイショのやり方を知ってる。アスガルでホレイショと接して、ホレイショがアスガルでどういう仕事をしていたのかを知ってる。そういう意味じゃ、おれはあんたの弟弟子みたいなもんなんだ。おれはあんたよりあとでホレイショに師事して、全部を学ぶ前に、ホレイショと死に別れた。学ばなくちゃいけないのに、学べなかったことは、たぶん、たくさんあった。それを教えてくれる存在がいるとしたら、それは、あんたなんだと思う」

『それは、おまえの望みだろう？』

「そうだな、けれど、ホレイショの望みでもあると思う」

根拠を求められても困るが、おれはそうだと思う。

『それと、俺を縫うことがどうつながる？』

「兄弟子が弱者だカモだとバカにされてたら、弟弟子としちゃ腹が立つ。もっと強いんだろ？　本気になりゃ」

『おまえを、弟弟子などと言うつもりはない』

トラッシュは鼻を鳴らした。

『……だが、おまえに情けない奴だと思われるのも業腹だな。いいだろう。縫わせてやる。道具はあるのか？』

「針なら手元に、糸は、こいつらで」

おれを護るつもりだったらしい。

いつの間にか毛糸のベストや手袋のようになってくっついていた三匹のバロメッツを軽く引っ張る。

（出番だな）

（待ちくたびれたぜ）

（任せておきな）

バロメッツたちは妙に勇ましく「ヌエー」と鳴くと、黒く細い糸に姿を変えた。

――来る。

氷の森は一時ゴメルで動きを止めていた震天狼《バスターウルフ》が動き出すのを察知した。

魔物トラッシュの捕食は間に合わないようだ。可能ならばカルロの身柄も人質として押さえて使いたいところだったが、トラッシュの守りは存外に堅く、攻めきることができなかった。

トラッシュという魔物の力を、弱く見積もり過ぎたようだ。

――やむを得ない。

氷の森はイベル山に陣取らせた蚯蚓《ワーム》型の大氷獣を前進させた。

大氷獣の存在には気付いているようだ。

空中を疾駆する震天狼《バスターウルフ》は、遠距離から熱線を放つ。

直撃すれば、大氷獣も一撃で消し飛びかねない熱量。

だが、対策済みだ。

大氷獣は熱線のエネルギー移動に干渉、一八〇度ターンさせる形で震天狼《バスターウルフ》へと反射した。

震天狼《バスターウルフ》は軽く体をずらし、戻って来た熱線をかわして足を止める。

まずは通用したようだ。

震天狼《バスターウルフ》を警戒させる程度には。

雪下でのカルロ、トラッシュとの攻防にも手応えがあった。

氷獣ドルカスたちが取りついていた障壁が、ついに破れた。

雪の中の氷獣たちが一斉にカルロ、トラッシュに爪牙を伸ばす。

そして、吹き飛ばされた。

高い雪の柱を立て、人影が空中に舞い上がり、哄笑が響く。

「カカカ!」

赤マントの魔物トラッシュの笑い方。

その声はトラッシュではなく、トラッシュを身につけたカルロの声だった。

巻き上がった雪煙が止む。

――これは。

氷の森は戦慄した。

ほんの数分前、雪崩に呑まれる前とは、異質なものがそこにいる。

憑依の深度があがっているらしい。銀色だった髪色は真っ白に、その双眸ははっきりと、緑色に発光していた。

だが、着目すべき点はそこではない。

最も大きな変化は、その身に帯びた魔力のあり方だ。

ズタズタのマントの中にくすぶり、わだかまっていた巨大な魔力が、今はマント全体、そしてマントを身につけたカルロの全身を静かに、なめらかに循環していた。

「もう充分だ」

緑の眼の魔物がそう呟くと、赤いマントを縫い止めた黒い糸がするすると抜け、三匹の小さな黒羊に変わる。

三匹はそこからさらに黒い毛糸に変わると、マフラーのように編み上がり、魔物の首に巻き付いた。

魔物はポケットに両手を入れる。

風に翻る赤マントには、裂け目はおろか、繕った形跡さえ残っていない。

魔物は視線を、足もとに向ける。

「あがってこい」

そう告げた魔物は、そのまま地面の近くまで降下した。

雪の中から、ドルカスたちを初めとする氷獣たちが姿を現し、魔物を取り囲む。

「ふん」

魔物は鼻を鳴らし、氷獣たちを見渡した。

「誰が言ったかは忘れたが、弱いらしいな、俺は。震天狼《バスターウルフ》には及ばない。震天狼《バスターウルフ》なら、おまえたちなど一瞬で消し飛ばせると。確かに俺には、そんな馬鹿力はない。だが」

魔物はポケットから右手だけを出し、パチンと指を鳴らす。

それで終わりだった。

氷獣たちは、その瞬間に、全て動きを止めた。

なんの魔力も持たない、ただの氷塊と成り果てて。

「氷獣とやらを、ただの氷に戻すことはできる」

魔物は視線を動かし、氷の森を視た。

「俺の名は、ロッソ。アスガルの白猿候《ハヌマーン・マーキス》、氷のスパーダの魔力と記憶を受け継いだもの」


氷のスパーダ？

氷の扱いが得意ということだろうか。

「他にどんな文脈がある」

ロッソはおれの声で偉そうに言う。

状況が状況だ。おれの体を使ってもらうのは構わないがカカカ嗤いだけは控えてほしいところだ。喉を痛めそうな気がする。

「白猿候《ハヌマーン・マーキス》スパーダは氷雪を支配する力を持っていた。氷の森が俺に食指を動かしたのも、その関係だろう。性質的に近いものがあるからな」

性質的に取り込みやすいものに見えたのかも知れない。

『具合はどうだ？』

ロッソの補修は、簡単な仕事だった。

バロメッツたちの糸を使って繕ってやると、勝手に自己修復し始めた。

ヒドラとは違うみたいだが、なにかの自己修復系素材を使っていたらしい。

ロッソ自身に「元の姿に戻っていい」という意識が生じたことから修復機能が活性化したようだ。

というか、放っておけばいずれ修復するものを「元の姿にはもどらない」という強固な意志で抑え込んでいたらしい。

こじらせすぎとしか言いようがない。

「雪の下でおかしな姿勢で縫ったにしては上出来だ」

ロッソの性格からすると、褒められたとみるべきだろう。

そこに、

「カルロ！」

大狼の姿のルフィオが飛んできた。

普段の行動パターンだと、雪の上に押し倒されてなめ回されそうな場面だったが、今はロッソを身につけて、憑依されている状態だ。ルフィオは少し距離を取って、「だれ？」と言った。

「俺だ」

風もないのにはためいて、赤マント《ロッソ》はそう言った。

「心配するな。一時的に憑依しているだけだ。事が落ち着いたら返してやる」

やや不満げに尻尾をゆらしたルフィオだが、この場はロッソにおれを預けたほうがいいと判断したらしい。

複雑な調子ではあるが「わかった」と告げた。

体の制御を一時的に返してもらい「ルフィオ」と声をかけると金色の大狼は子犬みたいに喉を鳴らしてすり寄ってきた。

頬や喉を撫でてやると、少し気分が落ち着いたようだ。

小さく尻尾を振ると「いいよ。もうだいじょうぶ」と言って、イベル山からやってくるばかでかい蚯蚓《ワーム》みたいな氷獣に向き直った。

「離れてて」

「いや、俺がやる」

俺の喉を使ってロッソが告げた。

「あの氷獣には、熱の動きを操作する機能が付与されている。おまえとの戦闘を想定して調整した個体だろう。俺の方が相性はいいはずだ」

「関係ない」

「曲げて頼む」

ロッソは落ち着いた調子で言った。

「俺はどうも、氷の森になめられているらしい。俺は別に構わんが、こいつが立腹している。養父であるホレイショに作られたものが、氷の森ごときになめられるとは我慢がならんと。思い知らせてやる必要がある。俺の真価が、どの程度のものか」

確かに似たことは言ったが、ダシに使われている気もする。

おれの名前を出されると弱いようだ。ルフィオは困ったように唸った後「わかった」と言った。

「ケガはさせないで。ぜったい」

ロッソはいつものように、フンと鼻を鳴らした。

「かすり傷もつけさせん」


ポケットに手を入れたまま、ロッソは雪の大地を蹴り、飛翔する。

敵、蚯蚓《ワーム》型の大氷獣の体長は一キロ超。それ自体が雪崩か雪山を思わせる威容を持っていた。

体温は絶対零度に近い。さらに、体表付近の熱の動きを制御する熱操作能力。

対震天狼《バスターウルフ》用の氷獣としてはそこそこよくできている。

遠距離からの熱線、岩漿《マグマ》誘導などは通用しない。近接戦になれば超低温の体と熱操作で熱を奪われ、凍結に追い込まれるだろう。

だが、鈍重に過ぎる。

この速度では、ルフィオを捕捉してしとめることはまず不可能だろう。

——気に入らんな。

この程度の戦力で勝算があると踏んだとは思えない。

まだ手札を残しているということだろうか。

——まあいい。

片付けてから考えても良いことだ。

ロッソが距離を詰めると、蚯蚓《ワーム》型の大氷獣は巨大な顎から青白い冷気の塊を吐き出した。

かすめただけでも全てを凍てつかせ、打ち砕く、絶対零度に近い低温塊だが、ロッソには通用しない。

前蹴り一つで雑に蹴り砕く。

砕かれた冷気の塊は周辺の空気を凍てつかせたが、ロッソの前では無意味だ。

赤いマントにも、憑依しているカルロの体にも、変化は一切生じない。

観察のために大氷獣の側面に回り込むと、昆虫の気門のような穴からも冷気の塊をばらまいてきたが、これも問題外だ。

——つまらん。

意外性と言えば、蚯蚓型《ワーム》でありながら体の側面に気門があること程度だ。

「もういい、失せろ」

ポケットから手を出し、ロッソは指を鳴らす。

次の瞬間、大氷獣の体内に鋭利で巨大な氷の結晶が大量に生成された。大氷獣は寸断され、氷塊と成り果てる。

輪切りになった大氷獣の断面を見て、ロッソは理解した。

——なるほど。

敵の戦略が、いくらか読めた。

ルフィオが空を駆けてくる。

「終わった？」

カルロを返せと言いたいようだ。

「まだだ」

ロッソは鼻を鳴らして言った。

「これは撒き餌だ。おまえを呼び寄せ、葬るための」

「どうやって？」

「こいつの構造を見ればわかる。大型、高威力の冷気の塊を長距離投射する機能を持ち、単純な構造」

「？」

ルフィオは首を傾げる。

「量産しやすい構造、数を用意できるように設計された存在ということだ……おまえに細かいことを言っても時間の無駄か」

ロッソは自分の愚を悟った。

「一匹だけではない。最低でもあと五十は存在する。こちらに狙いを定めた状態でな」


ロッソが指摘した通り、氷の森は五十体の蚯蚓型《ワーム》の大氷獣を、イベル山より三十キロの距離に分散して布陣させていた。

氷の森は震天狼《バスターウルフ》を一対一で屠るような氷獣を生み出すことはできなかった。ならば数で制するという思想で生み出したのが、絶対零度の砲弾を放つ、蚯蚓型《ワーム》の大氷獣。

イベル山近辺に震天狼《バスターウルフ》を誘い寄せ、五十の大氷獣の飽和砲撃を仕掛けることで、震天狼《バスターウルフ》を凍結、粉砕する。

囮の大氷獣を葬ったのが震天狼《バスターウルフ》ではなく、赤いマントの魔物となったことは計算外だが、大きな問題ではない。

震天狼《バスターウルフ》は、攻撃圏内に入った。

——発射。

氷の森は命じる。

震天狼《バスターウルフ》は、氷の森が想定した攻撃ポイントよりやや北方、ゴメルの南方に存在するが、誤差の範囲内だ。

氷の森に散らばった大氷獣たちはわずかに首を動かして狙いを修正、冷気の砲弾を一斉に撃ち放った。

曲射。

大気に大きな弧を描いた冷気の砲弾が、震天狼《バスターウルフ》めがけて飛翔する。

かわされても問題は無い。

直撃をさせる必要は無い。

冷気の砲弾は、震天狼《バスターウルフ》の存在する一帯を、すべて凍結させる。

それで、震天狼《バスターウルフ》も凍り付く。


「離れるぞ」

「わかった」

ロッソ、ルフィオは空中に舞い上がろうとした。

『待ってくれ』

「どうした？」

『止めないとまずい。止めなけりゃ、ゴメルのあたりまで凍っちまうんだろ？』

ロッソに憑依されている状態だと、ロッソが言ってないことまでわかる。

大氷獣の攻撃が到達すれば、その冷気は近くにあるゴメルまで到達し、ゴメルを凍結、全滅させてしまう。

ゴメルには、クロウ将軍たちがいる。

見殺しにはできない。

「防げるならばやっている。あきらめろ」

ロッソは厳しい口調で言った。

おれは黙って、ロッソの留め金を外した。

雪原に着地する。

「カルロ！」

褐色の肌の男の姿を現し、ロッソが声をあげた。

その顔を見上げて言った。

「こいつらは、やれるって言ってる」

マフラーの形で首に巻き付いていた三匹のバロメッツが、また黒い子羊の姿に変わる。

（フ、そういうことだ）

（出番だてめえら）

（とっとと降りてきな）

三匹がヌエーヌェーといななくと、高空に避難していたバロメッツたちも降りてくる。

総勢八十八匹のバロメッツ。

だが、バロメッツだけでは足りない。

雪に埋もれている黒綿花たちに呼びかける。

「姿を見せて、出せるだけの綿と糸を出してくれ」

その言葉に呼応し、視界が変化する。

純白の雪景色から、黒い綿毛をつけた黒綿花の群生地へと。

黒綿花は冥花。本来は冥層と呼ばれる世界の植物らしい。バロメッツたちと同じく、通常の物理法則は通用しない。

雪に埋まった程度じゃどうってことはないし、出せるだけ糸と綿を出せといえば、増やせるだけ増えて増産してくれる。

滅茶苦茶な植物だが、今はありがたい。

黒綿花は現在イベル山からゴメルの近郊にかけて分布している。今でもデタラメな数だが、さらなる増産体制に入ったようだ。狂気めいた勢いで、綿花畑が広がっていく。

おれの眷属扱いになっている黒綿花の綿毛は、思考で直接加工できる。

空中に浮かびあがった黒い綿毛が、あっと言う間に糸に変わる。そこから数秒で、一辺三キロ超の三角形の布が織り上がった。

数は六枚。

布を空中に浮かべたまま、裁縫術で縫い針を六本飛ばす。

バロメッツたちに「頼む」と告げた。

(任務了解)

(参りますか)

(大仕事だね、こりゃ)

六匹のバロメッツが、ヌエーヌエーと鳴きながら飛翔する。黒い糸に姿を変え、針穴を通りぬける。

裁縫術で制御した針とバロメッツの糸で六枚の布を六角錐のドーム状に縫い上げる。

「次、頼む」

おれにくっついていた三匹のバロメッツに呼びかける。

(行くぞ)

(おうさ)

(任せときな)

飛び出した三匹が黒綿花畑の上を飛んで綿毛を集める。集まった綿毛は勝手に撚り上がり、三本の大縄に姿を変えた。

(始めるぞ、コットンツー、コットンスリー、ぬかるなよ)

(あいよ)

(うおおおおっ!)

大縄を抱えた三匹は螺旋を描きながらドームの中心に向けて飛翔する。

組紐《くみひも》のように絡まり合い、一本の棒状になった三本の大縄はドームの中心につながって硬化、傘のようにドームを支える柱になった。

ドームの六カ所に縫い付けたループに、バロメッツが六匹ずつ飛んで行き、黒綿花のロープを通す。

地上の黒綿花に巻き付ける形でドームの布地を広げ、固定した。

（よぉし、オーケーだ！）

氷の森に向け、直径約五キロ、高さ約三キロの黒綿布のドームを斜めに立てた形だ。

構築時間は約五〇秒。指示通り、計算通りではあるんだが、デタラメなサイズと構築速度だった。

仕事が済んだバロメッツたちは綿や糸に姿を変えてドームの補強に回り、最後に残ったいつものリーダーが、おれの肩でヌエーと鳴いた。

（総司令《コマンダー》。全騎配置につきました）

「悪いな」

無茶をさせることになる。

（お気遣いなく）

リーダーは落ち着いた調子で一鳴きした。

ドームの支柱に手を当てる。

魔力を通し、ドームの強度を上げていく。

黒綿花の綿毛がドームの支柱やロープなどに集まり、絡まって、さらに補強していく。

「フン」

ロッソは鼻を鳴らし、ルフィオに目を向けた。

「ついていてやれ。いざとなれば引きずってでもここを離れろ」

「トラッシュは？」

「弾着を見れば敵の所在が読めるはずだ。狩り潰す。傘を立てているだけでは殴られ続けるだけだ」

「ありがとう」

視線を上げ、赤マントに礼を言った。

おれにできることは、結局、ちょっとした時間稼ぎでしかない。最後には、ルフィオやロッソの力を借りざるを得ない。

「勘違いをするな。少し体を慣らすだけだ」

本音なのか照れ隠しなのかわからない調子で言ったロッソは、そのままふっと姿を消した。

そこに、

（おいでなすったぞ！）

バロメッツのリーダーの鳴き声が響き、ドームを衝撃が貫く。

大氷獣の攻撃が到達したようだ。

あの大氷獣がぶっ放してくるのは、直径十メートルくらいの超低温の塊のはずだが、打撃力も相当のものだった。

初弾は無事受け止められたが、勝負はここからだ。

このドームの役割は、大氷獣の攻撃を受け止めて分散させ、ゴメルへの冷気の到達を止めることにある。

一発二発防いだところで、被害を食い止めるには足りない。

推定五十の大氷獣。

その一射目を、すべて受け止める。

そこまでできれば、あとはルフィオとロッソがなんとかしてくれるだろう。

ロッソが言った通り、攻撃の軌道を見れば、大氷獣の所在がわかるはずだ。

(くそ、重い！)

(泣き言はあとにしろ！)

(まだまだ来やがるぞ！)

続けざまに衝撃が走る。

ルフィオからもらった魔力が瞬く間に削られていく。

目眩を感じながら、柱に触れた手に力を込める。

その手の上に、小さな手が重なる。

「手伝う」

人の姿になったルフィオがおれに手を重ねていた。

例によって裸だが、今は服を着せる余裕はなさそうだ。

「ああ、頼む」

ドーム作り自体は黒綿花やバロメッツといった素材自身が協力してくれたので簡単だったが、作ったものがデカい分、強度を上げるとなると負担が尋常じゃない。

そもそも裁縫術ってのは服を縫うための補助魔法、工芸魔法であって、こんな要塞みたいなものを維持強化するためのものじゃない。

自分で作っておいて言うのもなんだが、早くも目眩と寒気がしていた。

「がんばって」

柱に魔力を通しながら、ルフィオは言った
「そんなに長くはつづかない。トラッシュたちがつぶしてくれる」

「ああ」

とにかく、踏ん張るしかない。

ルフィオがこめた魔力が、ドームを高熱の盾のようなもので覆っていく。

高速で飛んでくる直径十メートルの超低温塊を綺麗に消し去るには及ばないが、ドームに走る衝撃は格段に柔らかくなった。

次々と飛来する冷気の砲弾がドームに受け止められ、あるいは跳ね飛ばされ、爆発していく。

冷気自体は発生してしまっているのだが、本来の着弾点と大きくはずれた座標での爆発だ。地上への影響はほとんどなかった。

あとは、いつまで気絶せずにいられるか。

ルフィオのおかげで楽にはなったが、それでも、余裕ができたとは言いがたい。

膝が崩れそうになるのをこらえ、柱を掴む手に力を込めた。

◯◯◯

氷の森の戦術は砲撃を短時間に集中させることで超低温の場を作り上げ、ルフィオを凍結に追い込むというもの。

ある種の伏兵、奇襲攻撃に近い戦法だ。

ロッソに作戦を読まれ、カルロにバロメッツと黒綿布のドームという防護措置を取られた時点で、作戦は根幹から崩れていたとも言える。

大氷獣からの長距離砲撃は効果をあげることなく、地上のカルロとルフィオに影響を与えることなく途切れた。

問題は、直径五キロ近い巨大なドームを裁縫術で強化するというデタラメをやったカルロの消耗だ。

夫役に行く前にルフィオが注いだ魔力も使い切り、顔が青ざめ、震えていた。

ルフィオはカルロの手に重ねた手をそっと握り、ドームの柱から引き剥がす。

「もう、いいよ。もうだいじょうぶ」

トラッシュが飛び出していっている。サヴォーカも氷の森に突入したようだ。第二射があるとしても、大規模になることはないはずだ。

カルロが頑張らなくても、充分に対応できる。

だが、返事は戻ってこなかった。

ルフィオは意識を失ったカルロが倒れ込むのを抱き留める。

「……カルロ？」

バロメッツのリーダーが高く鳴いた。

（全騎！　縫製を解き集合せよ！）

氷の砲撃を受けきったドームが解け、もとの綿毛とバロメッツの姿に戻る。バロメッツたちはそのままカルロとルフィオの元に急降下していく。

（ここだ！　ここに集まれ！）

（もたもたすんな！）

（ゴーゴーゴーゴーゴー！）

一カ所に寄り集まり、黒い綿のベッドのようになったバロメッツたちは「こっちだ」「いそげ」というようにヌエーヌェーと鳴いた。

見た目は少女のようでも、ルフィオは魔物である。カルロの体をそっと抱き上げて、バロメッツの寝台に横たえる。

倒れた原因はわかっている。

魔力の欠乏だ。

「乗せて」

ルフィオはバロメッツたちにそう言って、カルロの体の上に覆い被さる。

髪が垂れ落ちるが、かまっている余裕はなかった。カルロの頭を両手で抱き、ためらわず、唇を重ねた。

この状態でいきなり強い魔力を流し込むのはまずい。

そう直感したルフィオは軽く、短い口づけを繰り返す格好で、少しずつ魔力を注いでいく。

——やわらかく。

——ちょっとずつ。

——やわらかく。

——ちょっとずつ。

ともすれば焦り、強い魔力を出しそうになる自分にそう言い聞かせながら、ルフィオはそっと、口づけを繰り返していった。

五〇の大氷獣が放った五〇の冷気の砲弾は、すべて着弾した。

だが、効果は認められず。

震天狼《バスターウルフ》は健在。

——異常事態。

無論、確実に成功すると踏んでいたわけではない。

不測の事態や失敗も起こりうると理解した上での攻撃だった。

人間に操られた冥花のドームに阻まれるという点は、やはり計算外ではあるが、失敗の可能性自体は考慮の内だった。

問題は、その後の展開だ。

氷の森が攻撃失敗を認識した時には、三〇体の大氷獣が破壊されていた。

砲撃の軌道から大氷獣の座標を把握し、反撃に転じたのだろう。

そこまでは理解できる。

理解できないのは、反撃スピードだ。

大氷獣たちは分散配置されている。震天狼《バスターウルフ》の反応は、イベル山に残ったままだ。動ける戦力があるとすれば、ロッソと名乗った赤マントの魔物、そして少女の姿をした黒衣の魔物のみのはずだが、損耗速度が速すぎる。

——二体ではない。

ロッソとも、黒衣の魔物とも違うものが存在する。

氷の森の知らない。未知の魔物が森に入り込んでいる。

それも、二体、もしくは。

——三体。

「何故ここにいる？」

氷の森の上空を飛行していた七黒集『憤怒』のランダルに追いつき、ロッソは問いかけた。

あちこちが金属でできた体の上に、複雑な機械部品がついた鎧を纏った、黒髪の少年である。背部のノズルからは二本の炎が長く、翼のように伸びていた。

仏頂面で問うロッソに、ランダルはニカッと笑って「そりゃもちろん」と応じた。

「暇つぶしに決まって……と、いやがったな」

前方に姿を見せた大氷獣めがけ、ランダルは加速する。

電光のような速度で距離を詰め、電撃を帯びた拳で一撃する。

雷鳴を放ったその一撃は、大氷獣の巨体を一瞬で分解し、跡形なく消し去った。

「思ったほど面白くねぇや、責任取れ」

冗談めかした調子で言って、ランダルは白い歯を見せた。

「知ったことか。他に誰が来ている？」

「アルビスとムーサ」

「アルビスもか」

面倒見の良いムーサが動く程度は驚かないが『怠惰』のアルビスは魔王も兼任だ。そう簡単に動いていい立場ではない。

「放っておいてミルカーシュ様に引っかき回されるよりマシだってよ」

「D《ディー》は？」

「留守番」

「そうか」

一番厄介な男は来ていないようだ。

内心で安堵したロッソに、ランダルは訊ねた。

「もういいのか？　ロッソって名前で呼んで」

「勝手にするがいい」

ロッソは鼻を鳴らして言った。

気恥ずかしさのようなものはあるが、もはや布屑《トラッシュ》とは名乗れまい。


『傲慢』のムーサ。

『貪欲』のサヴォーカ。

『嫉妬』のロッソ。

『憤怒』のランダル。

『怠惰』兼魔王のアルビスは、五十体の大氷獣を全て葬り、氷の森の上空で顔をそろえた。

氷の森の氷獣は大氷獣だけではないが、この五者を相手に、通常の氷獣や守護氷獣を差し向けても無意味である。氷の森は沈黙し、大暴走《ヘル・スタンピード》も停止していた。

「つかめた？」

全長三メートルほどの段平《だんびら》型の大刀を携えたムーサがアルビスに問いかける。ムーサは七黒集の中では唯一自力飛行ができない。騎乗用の白い飛蛇竜《ワイアーム》の背中に乗っている。

「南西一四〇〇キロ。ボルスジョイ族の伝承でいうキリカラ山脈の付近だ。そこが氷の森の中枢部だろう」

「潰していく？」

「いや」

アルビスは静かに言った。

「まずは知ってからだ。共存のかなうものか、敵対種として淘汰すべきものかを見定めよう」

そう告げたアルビスはムーサ、サヴォーカ、ロッソ、ランダルの四者を見渡す。

「俺はキリカラ山脈に出向くが、古着屋カルロとルフィオをあのまま放っておくわけにもいかん。この機会に決を採る。俺はカルロを正式にアスガルの保護下に置き、魔騎士団付きの裁縫係に誘いたいと思う。D《ディー》は棄権。我々の決定に従うそうだ。ルフィオは賛成と見なして問題はあるまいが、今回は欠席として扱うこととする。賛成のものは挙手しろ」

「賛成」

七黒集第一席『傲慢』のムーサが挙手する。

「腕前は合格。欲しい人材だわ。これ以上こっちに置いておくと、彼の周りの環境がどんどん滅茶苦茶になっていきそうだし」

滅茶苦茶にした元凶の一人、カルロに黒綿花の種を与え、大繁茂とバロメッツ化の原因を作った七黒集第二席『貪欲』のサヴォーカは、やや所在なさそうに首を縮めたあと「賛成であります」と挙手した。

「有益な人材と信じるであります。私にとってはもちろん、魔騎士団やアスガル魔王国にとっても」

七黒集第三席『嫉妬』のロッソは、仏頂面で手を挙げた。

「賛成でいい。特に言うことはない」

「それは構わんが、別の質問をしたい」

アルビスはにやりとした。

「ロッソと呼んでも構わんのか？　これからは」

「好きにしろ」

ロッソは仏頂面のまま応じた。

その様子をニカニカ眺めていた七黒集第四席『憤怒』のランダルも挙手する。

「オレっちも賛成でいいぜ。反対する理由も別にねぇや」

七黒集第五席『姦淫』のD《ディー》、第六席『暴食』のルフィオの二者は不在。第七席『怠惰』兼魔王アルビスがまとめに入る。

「当然俺も賛成だ。賛成五に棄権一、欠席一で可決とする。サヴォーカ、ロッソ。ルフィオのところに行ってカルロをビサイドに搬送、宿舎で休ませてやれ。ムーサ、ランダル、キリカラに乗り込むぞ」

アルビスは前方に手をかざす。

前方の空間が揺らぎ、転移用の魔法陣が浮かび上がった。

アルビス、ムーサ、ランダルの三者は空間を越え、タバール大陸の南部に転移した。

約三〇〇〇年前、氷の森に故郷を追われて流浪の民となり、今は消えた民族ボルスジョイの伝承でキリカラと呼ばれていた山脈の上空。

そこには、一本の氷の大樹が生えていた。

樹高三〇〇〇メートルに達する、トネリコに似た超巨大氷霊樹。

「デケェな！」

ランダルが歓声に似た声をあげる。

見た目の通り、少年めいた性格の持ち主である。

「ボルスジョイの伝承でいう始まりの氷樹だ。三〇〇〇年前、ここに『半分の月』が落ち、そこから氷霊樹と、氷獣が生まれた」

アルビスは静かに言った。

「『半分の月』？」

ランダルは視線を巡らせる。

「あれか」

ランダルが目を向けたのは、大氷霊樹の根元に埋まった、ドームがひっくり返ったような、あるいは巨大なボウルのような半球状の構造物だ。

直径一キロほど、表面は銀色のタイルに覆われている。あちこちが風化して穴が開き、機械の部品や配線、配管のようなものが露出していた。

「……おいマジか」

難しい顔になったランダルはドームの上に降下し、ドームのタイルを片手で引き剥がした。

「どう見る？」

遅れて降下したアルビスが問う。

「機械文明の産物だ。たぶん、滅茶苦茶クソ寒い星の」

ランダルは金属の右手を握って開く。右手は無数の触手のような金属線の群となって、ドームの内側に入り込んでいく。

「接続まではできねぇか。内側はボロボロだ。入って調べねぇとダメだな」

「それはいいけど、静かすぎない？」

ムーサは周囲を見回した。

「ここ、氷の森の中枢部じゃないの？　もっとこう、わーっと迎撃されたり警告されたりすると思ったのだけれど」

ランダルは首を傾げた。

「オレっちたちに気付いてない？　いや、ありえねぇな、罠か？」

「それも考えにくいだろう。氷の森は我々の介入を想定していなかったはずだ。正体や手口の読めない相手を内懐に入れるような策をとることはあるまい」

「罠じゃねぇほうが気持ち悪くて嫌じゃねぇか？」

「確かにな」

そう言いながら、アルビスはドームに開いた穴から内部に滑り込んだ。

「おいこら魔王、自重しろ」

「貴方はここで待っててね」

そんなことを言いつつ、ランダルもドームの中に入る。乗騎の飛蛇竜《ワイアーム》を待機させたムーサがそのあとに続いた。

「光をよこせ」

「これでいいか？」

ランダルは右目をランプのように発光させた。

外殻部を抜けると、円筒状のガラスの棺のようなものが立ち並んだ、すり鉢状の空間に出た。

ガラスの棺はほとんどが割れ砕けていたが、いくつか状態のよいものがあった。

中には、透明な水のようなものが満たされ、青く透き通った体を持つ、氷でできた人間のようなものが浮いていた。

「……氷人？　そんなのいたの？」

ムーサが呟く。

「生きてるの？」

「死んでる」

ランダルが答えた。

「このガラス管は生命維持装置だ。それが機能しなくなって全滅したんだろうよ。だいぶ話が見えてきやがった」

ランダルはにやりと笑う。

「ごめんなさい。わかるように話してもらえるかしら」

「どういうことだ？」

ムーサとアルビスが言った。

「これだから有機物は」

ランダルは大げさに肩をすくめた。

「この中に入ってんのはオレっちと同じ異星体《エトランジェ》だ」

「ランダルの親戚？」

「親戚ってほど近くはねぇな。一口に異星体《エトランジェ》って言っても星も文明圏も、生物としての形も違う。ともかく空の上にある、ここととは違う星で暮らしてた生物だ。ここよりずっと寒い環境でな。それが何かの事情でここまでやってきた。けど、この異星体《エトランジェ》は寒い環境の生き物だった。このガラスから出るには、極北みたいな場所に行くか、まわりの環境を寒冷化させる必要があった。この建物は元々星の海を渡るための船だったみてぇだが、着陸に失敗してブチ壊れた。生命維持装置が動かなくなって、異星体《エトランジェ》は全滅。だが、周りの環境を寒冷化させる仕掛けだけが生き残って、今も動き続けてる。それが、氷霊樹と氷獣、氷の森の正体なんだろうさ」

「間違いはないのか？」

「ちょっと待て。もう一度、情報を引っ張れないか試してみる」

ランダルは再び右手を導線の束に変え、足もとに撃ち込んだ。

「よし、つながった。ああ、間違いねぇ。やっぱり異星体《エトランジェ》だ。元いた星で反乱を起こされた権力者。生き延びるために元の星を脱出してやってきたが、着陸に失敗して全滅。環境改造機能だけが動き続けてる」

「機能ということは、止める方法が存在するということか？」

「手はいくつかある。一番簡単なのは、始まりの氷樹を吹っ飛ばすことだ。森全体の中枢神経みたいなもんだ。ぶっとばせば、森はいずれ止まる。だが、森全体の生命力が失われるわけじゃない。頭のない状態のまま、しばらく暴走する危険性が高い。アスガルに影響はねぇだろうが、この大陸の文明と生態系は、たぶん終わる」

「面倒だが、被害の少ない策は？」

「緊急停止コードを見つけた。氷の森全体に活動をやめろと命令する呪文みたいなもんだな。だが、こいつは特殊な電気信号だ。ここから有線でしか発信できない。で、その線は今はつながってない。つなげ方の情報も拾えなかった」

「どうするの？」

「オレっちにはどうしようもねぇ。ただ、その線っていうのは、氷霊樹から伸びてる植物性の繊維らしい。綿やら麻やらみたいなやつだ。氷霊樹はその繊維の網を地下に張り巡らせることで情報をやり取りし、氷の森全体でひとつの意思を持ってる」

ランダルはにやりとした。

「いたよな？　繊維やら綿やら麻やらに強い奴」

エピローグ

そうしておれは、魔物の国アスガルの首都ビサイドで目を覚まし、ルフィオやサヴォーカさんの正体と所属を知らされた。

まぁそれはそれとして。

「出てこい」

そう言うと、部屋のあちこち、足もとやらベッドの四隅やらクローゼットや机の上やらにバロメッツたちが姿を現す。

元気そうだが、やけに小さかった。猫くらいの大きさの黒い子羊だったのが、今はネズミくらいの大きさになっている。

枕元に陣取っていたバロメッツのリーダーがヌェーと鳴いた。

（全騎整列！）

部屋のあちこちに陣取ったり浮かんだりしていたバロメッツたちがベッドの前に三角形に整列する。

（バロメッツ八十八騎、ここに全騎そろっております。総司令《コマンダー》）

（やっと目が覚めやがったか）

（死に損なったな）

付き合いが長くなってきたせいだろう。具体的な意味はわからないが、軽口を叩いていることはわかる。

というか、ゴメルでドームを作れると思ったのも、こいつらが「やらせろ」「任せろ」と騒いでいるように感じたからだ。

「どうして、こんなに小さく？」

おれがそう呟くと、サヴォーカさんが言った。

「彼らはもともと、イベル山の開拓地に根付いた黒綿花から変化したものでありますので、本来はここまで来ることはできないのであります。アスガルまで来るために、元の木を種に変え、体を小さくしてここまでやってきたのであります」

無茶しやがって。

「そうまでしてついてこいとは言ってねぇだろうが」

そこまで懐かれるようなことをした覚えも正直ない。

（あそこにいても退屈なんでね）

（ちげぇねぇ）

（簡単に縁が切れると思うなよ）

ヌェーヌェーと鳴くバロメッツたち。

またなにか、わけのわからないこと言っているようだ。

まぁいいか。

とりあえず。

「来い」

両手を広げると、八十八匹のバロメッツはヌェーヌェーと鳴きながらおれの全身に飛びついてきた。

いや、違うな。

一匹多い。

「おまえもかよ」

バロメッツと同時に飛びついてきた八十九匹目の顔を見下ろし、軽くため息をつく。

「来た」

ルフィオはいつもの屈託ゼロ。

胸やらなんやらくっつき過ぎだが、こう全力で尻尾を振られると文句も言えない。

魔物の国アスガルでの新しい生活、タバール大陸における氷の森との本格的な戦いは、そんな形で幕を開けた。

ルフィオとサヴォーカさん、ロッソ以外の七黒集に会ったり、氷の森を止めるための仕事を引き受けたり、養父ホレイショが使っていた仕事場でルフィオと寝起きをするようになったりするんだが、そのあたりの話は、また次の機会にしようと思う。

《了》

特別収録　バロメッツ戦記〜オペレーション・ヴァンパイアキラー〜

(行方不明?)

イベル山開拓事業の中止が決まって間もなく。

カルロの仕事場である天幕の上でコットンワンはヌエ?　と鳴いた。

(ああ)

バロメッツの統括者、コットンリーダーは重々しくヌエーと応じる。

(コットンイレブンが消息を絶った。開拓地の北西十キロの位置にあるミズリ湖のほとりで、妙な洞窟を見つけたという通信を最後にな)

(コットンイレブンかよ)

(また変な飛び方したんじゃねぇだろうな)

コットンワンと共に呼び出されたコットンツー、コットンスリーは、げんなりした調子でヌエヌエ鳴いた。

コットンイレブンは問題児である。性根は悪くないが、いつもアクロバットめいた妙な飛び方をしては、ぽこぽこと墜落する。バロメッツは綿毛の塊なので墜落しても致命的なことにはなりにくい。

それをいいことに何度墜ちても懲りることなく、変な飛び方をしては墜落を繰り返していた。

(放っておいていいんじゃねぇか?)

コットンツーの言葉に、コットンリーダーは(いや)と応じた。

(あいつが墜ちるのはいつものことだが、一時間ほど応答がない。コットンイレブンが最後に言った、妙な洞窟というのも気にかかる。悪いが様子を見に行ってもらいたい。敵対的な生物に遭遇した可能性も考えられる)

(なるほど)

コットンワンはヌエーと鳴いた。

(了解だ。コットンツー、コットンスリー。出るぞ)

(しゃーない、行きますか)

(羊騒がせな野郎だぜ)

ぶつくさ言う二騎を伴い、コットンワンは開拓地を飛び立った。

コットンイレブンが消息を絶ったのは開拓地から北西十キロ。ゴメルの水源でもあるミズリ湖の上空。バロメッツの飛行能力ならば数分で移動できる距離である。

(このあたりか)

(滝があるぜ)

(落ちて流されたんじゃねぇだろな。おい、コットンイレブン、コットンスリーだ。聞こえてたら応

答しろ）

　コットンスリーが呼びかけるが、返事はなかった。バロメッツは音ではなく電波を飛ばすことで情報のやり取りをし、その交信距離は百キロにも達する。なお「ヌエー」という鳴き声は、電波を出すときに出る雑音のようなもので、言語としての意味はない。

（応答なしか）

（手分けして捜そう。コットンツーは湖を、コットンスリーは東の森を見てまわってくれ、俺は滝の下流を見てくる）

（あいよ）

（了解）

　三騎は散開する。湖から流れ落ちる瀑布とその滝壺を見て回ったコットンワンは、そのまま川の流れに沿って飛んで行く。

　やがて。

　ヌェーヌェーヌェー！

（おーい！　こっちだ！　おーい！）

　川原の大岩の上に、捜索対象のコットンイレブンの姿が見えた。

　水に落ちていたようだ。全体にしんなりとしていた。水没はバロメッツ最大の弱点だ。空を飛べなくなり、声である電波の送受信も満足にできなくなる。

（やれやれ）

ため息をついたコットンワンは、コットンイレブンのいる大岩の上に着陸した。

(大丈夫か?)

(ああ、だいぶ濡れちまったが。すまねぇな、世話かけちまって)

(なにかトラブルでも?)

(たぶんそうだ。けど、よくわからねぇ。あっちの湖で変な洞窟を見つけて調べようと思ったら、中にいた何かに撃ち落とされた。気が付いたらここに流れ着いてた)

それで岩の上で体を干していたらしい。

別行動を取っているコットンツー、コットンスリーに通信を飛ばす。

(コットンワンよりコットンツー、コットンスリーへ、下流でコットンイレブンを発見した。一度合流してくれ)


(了解)

コットンワンの通信に応答し、コットンツーはミズリ湖を離脱しようとする。

その刹那。

湖上に甲高く、耳障りな声が響いた。

——なんだ?

振り向くと、湖畔の岩陰から蝙蝠とゴブリンを合成したような、青白い肌の小人たちが飛び出してくるのが見えた。身長一メートル程度で全身無毛。蝙蝠に似た、腕と一体になった羽根を動かし、ばさばさと低空を飛んでいた。

その前方には、人間らしき人影がある。

五、六歳くらいの子供を抱きかかえて逃げていく、若い修道女。

蝙蝠ゴブリンは口から衝撃波のようなものを出せるらしい。修道女の後方の石や土がドカドカと吹き飛んで行く。

――ヤバそうだな。

一発でも命中したら、あっと言う間に捕まってしまうだろう。

手助けしてやることにした。

(コットンツーよりコットンワン、コットンスリーへ。少し遅れる)

一方的な通信を飛ばし、コットンツーは動き出す。

バロメッツの使命はカルロ、そしてカルロのいる開拓地の防衛である。見も知らぬ人間を助けることは本来の役割からは外れる。しかし、カルロという人間に播種《はしゅ》されたバロメッツの思考回路と価値観は、主人である人間カルロのそれに寄っている。無視して飛び去る気にはなれなかった。

コットンツーは高度を落とし、蝙蝠ゴブリンたちの側面に回り込む。

蝙蝠ゴブリンの数は十二匹。

その全てを、同時に照準《ロックオン》。

（これでも喰らいな！）

コットンツーの体の左右から十二個の綿の塊が撃ち出された。人の親指ほどの長さと太さの綿の塊は小さな稲妻のように飛翔し、蝙蝠ゴブリンたちに襲いかかる。

ズガガガン！

標的を直撃した綿の塊は雷鳴のような音を立てて爆発。十二匹の蝙蝠ゴブリンを一息に粉砕した。

誘導綿《スピットファイア》。

標的を追尾、着弾と同時に爆発する戦闘用の綿。コットンツーはこの誘導綿《スピットファイア》の扱いに長けている。

誘導綿《スピットファイア》を十六発まで同時に、異なる標的を照準《ロックオン》して攻撃することができた。

他のバロメッツの場合、誘導綿《スピットファイア》の同時発射は八発程度、照準《ロックオン》については同時に四目標程度が限界である。

体の一部を爆発物に変えて飛ばしているので、無制限にばらまけるものではないが。

黒煙が上がり、黒っぽい肉片と血が飛び散る。

――なんだ？

普通の生き物の血肉の色ではない。地面に落ちた肉片は異臭を放ち、ナメクジかなにかのようにうごめいていた。

――アンデッド？

負の生命を持つ魔物のようだ。

修道女が後ろを振り仰ぐ。カルロと同年代くらいだろうか、黒い髪に黒い瞳、整った顔立ちをしていた。黒い法衣を身に付けているが、よく見ると男物だ。相当古いものらしい。あちこち痛み、不格好に繕ってあるのが見て取れた。

普通の人間に、バロメッツの存在は認識できない。逃げていたら後ろでいきなり爆発が起き、蝙蝠ゴブリンが消し飛んだ形だろう。

戸惑った表情で周囲を見回した修道女は、そしてコットンツーの浮いているあたりをじっと見た。

見えているわけではなさそうだが、カンがいいようだ。なんとなく「なにかの気配」を感じ取ったらしい。

とはいえ、姿を見せてやる理由も特にない。

——じゃあな。

心の中でそう告げて、コットンツーはその場を飛び去った。

コットンスリーに少し遅れてコットンツーが飛んできた。

(悪いな、待たせちまって)

(なにがあった?)

(修道女《シスター》と子供が蝙蝠みたいなゴブリンみたいなのに追われてたんで吹っ飛ばした)

(おまえなあ)

コットンワンはうなるようにヌエーと鳴いた。

(交戦許可も取らずに)

(ほっとけなくてな。おまえらに迷惑はかけねぇよ)

悪びれずに応じるコットンツー。

(しょうがねぇな、蝙蝠みたいなゴブリンってのは?)

(よくわからねぇんだが、アンデッドっぽかったな。湖の西の岩陰辺りから出てきた)

(湖の西の岩陰か。コットンイレブン。おまえの言ってた変な洞窟っていうのはもしかして)

(たぶんそこだな。オレが覗いた洞窟も西のほうにあった)

(コットンイレブンをやったのはその蝙蝠ゴブリンってことか?)

コットンスリーが呟く。

(何の話だ?)

合流したばかりのコットンツーがヌエ? と鳴く。

(妙な洞窟があったんで見に行ったら、何かに撃ち落とされたんだとよ)

(そういうことか。ありえるかもしれねぇな。口から衝撃波みたいなのを出してた。俺は横から見たからわかったが、出会い頭にぶち込まれたらワケがわからんまま落とされてもおかしくねぇ)

(探りを入れたほうが良さそうだな)

コットンワンはシリアスな調子でヌエーと鳴く。

バロメッツたちが本拠地にしているイベル山の開拓地からミズリ湖までの距離は約十キロ。

鳥や蝙蝠のような羽根を持つ生き物にとっては、目と鼻の先と言っていい距離だ。どういった性質のものが棲息しているのか、把握しておいたほうがいいだろう。

コットンイレブンの乾燥を待って飛び立った四騎は蝙蝠ゴブリンが出てきたという洞窟に近づいた。

(まず俺が行く。ここで待機していてくれ)

他の三騎にそう指示をしたコットンワンは単騎で洞窟に近づく。

洞窟の近くに、噂の蝙蝠ゴブリンが何匹か倒れている。

——なんだ?

コットンツーが仕留めたものではないようだ。

バロメッツの戦闘手段は繊維状の体の一部を針にして飛ばす毛綿針《ウォートホッグ》、標的を追尾して爆発する誘導綿《スピットファイア》、真下に投下する対地用の爆弾綿《グランドスラム》の三種が基本。あとは体を糸やロープのようにして引っかけたり、締め上げたりできる程度だ。

倒れている蝙蝠ゴブリンたちは、頭や羽根、横腹などを綺麗に消し飛ばされ、動かなくなっている。特殊な武器、あるいは特殊な力でやられたようだ。破壊された体の断面部は白い灰のようになっていた。

魔物の類、もしくは何らかの訓練を受けた人間、魔術師などの仕業だろう。

——なにがあった?

そんな疑問が湧いたが、はっきりした答えは浮かばなかった。

わからないことを考えていても仕方がない。思考を切り替え、洞窟をのぞき込む。

深い暗がりの奥に、蝙蝠ゴブリンたちがひしめき、うごめいているのが見える。日の光が届く範囲だけでも十数匹。洞窟全体なら、百匹はいそうな雰囲気だ。

――妙なものがいるな。

蝙蝠ゴブリンはそこまででもないが、洞窟の奥に異様な気配がある。

強力な魔物の気配。

ルフィオやサヴォーカ、トラッシュに比肩しうるようなものではないが、四騎のバロメッツでやり合うのは難しそうだ。

そもそものところで、事を構える必要性があるかもわからない。

――ここまでにしておくか。

独自判断で動いていいのはここまでだろう。

バロメッツの任務はカルロと開拓地の防衛。勝手に戦線を拡大し、敵対者を増やしては本末転倒だ。

一度開拓地に戻り、善後策を考えるべきだろう。

コットンワンは洞窟を離れ、他の三騎とともに開拓地へ帰投した。


蝙蝠ゴブリンの洞窟発見から数日後。

休日の開拓地本部で書類を眺めていたトラッシュは窓の外におかしなものを見つけた。

開拓地の上空に十一匹のバロメッツが集まり、矢印に似た陣形を組んでいる。

――なにをやっている？

眉をひそめるトラッシュの前に、バロメッツの指揮個体《リーダー》が飛んできた。

普段はカルロの側にいることが多いが、今日は別行動のようだ。休日ということでルフィオに連れ出されたカルロには同行せず、開拓地に残っていた。

（突然申し訳ありません。折り入ってご相談があります）

重々しい調子でヌエーと鳴く指揮個体《リーダー》。

だがトラッシュも、バロメッツの言葉はわからない。

「あちらに、なにかあるというのか？」

バロメッツたちが陣形で示している北西の方角を指さして問う。

（はい、北西十キロの位置にアンデッドらしき不審な魔物の棲息を確認しました。今後の対処について、貴方の判断を仰ぎたいのです。お手数ですが、現地に同行をお願いしたく）

ヌエーヌエーと鳴く指揮個体《リーダー》。

「……なにを言っている？」

重要な話をしているようだが、具体的な内容となるとやはりわからない。

バロメッツの方も、だめだと悟ったようだ。くるりと身を翻した指揮個体《リーダー》はバロメッツの矢印のほうに少し飛び、再びトラッシュを振り仰ぐ。

「ついてこいというのか？」

トラッシュが確認すると、指揮個体《リーダー》は「はい」と言うようにヌエ、と鳴いた。

「……いいだろう」

開拓地は休日である。付き合ってやってもいいだろう。

バロメッツたちはカルロではなく、自分のところにやってきた。カルロには知らせたくない。カルロには関わらせたくない事案があるのかも知れない。

矢印陣形のまま動き出したバロメッツたちの先導で、トラッシュは開拓地北西のミズリ湖の上空に到達した。

――なるほど。

バロメッツたちが自分を連れてきた理由がわかった。

魔物の巣、それもアンデッドの巣窟がある。

バロメッツたちとともに洞窟に近づき、中をのぞき込むと、蝙蝠とゴブリンの合成獣《キメラ》のような魔物の群がぶら下がっているのが見えた。

――蝙蝠吸血鬼《バットヴァンパイア》か。

蝙蝠が吸血鬼《ヴァンパイア》の力で変化した下位吸血鬼《レッサーヴァンパイア》の一種だ。生き血を好み、血を吸った相手を自分と同じ下位吸血鬼《レッサーヴァンパイア》に変えてしまう。

洞窟の奥には、やや大きな気配がある。

この洞窟の主人のようだが、さほど強力なものではない。せいぜい中級吸血鬼《ミッドヴァンパイア》くらいだろう。バロメッツでは多少手を焼くかも知れないが、トラッシュの相手になるような魔物ではない。

――片付けておくか。

直接的な脅威になるようなものではないが、放っておけば人や獣などを襲って増殖し、深刻な生物災害を引き起こす恐れがある。アスガルでも駆除対象とされる害獣だ。カルロというより、クロウ将軍が困る可能性がある。駆除しておいてやることにした。

トラッシュは氷雪を操る魔物である。この程度の洞窟であれば一瞬で氷結させられる。

右手を挙げ、指を鳴らそうとする。

そこで、気配を感じた。

振り向くと、一人の修道女が湖畔を歩いてくるのが見えた。

バロメッツの一匹がヌエ、と鳴いた。

(ありゃ、またあの修道女《シスター》か)

(前に言ってた尼さんか?)

(ああ、なんでこんなとこうろついてんだ?)

吸血鬼《ヴァンパイア》の洞窟に向かって来ているようだ。表情は鋭く、腰には三角錐状の分銅のついた鎖と長剣を下げていた。

容姿はたおやかだが、目の奥にある光は聖職者ではなく、戦士のそれを思わせた。

鎖と長剣、そして法衣には魔力が込められているようだ。

――あの衣装は。

トラッシュは眉根を寄せる。

修道女が纏った法衣には、覚えがあった。

聖騎士の法衣。

タバール大陸で広く信仰されている聖天教という宗教の聖騎士が身に付ける衣装だ。人間が造りだした魔道具としては最上級のもので、着用者の魔力や身体能力を引き上げる機能を持っている。

聖天教の聖騎士団は、この法衣によってタバール最強格の戦闘集団として名を馳せた。

とはいえ、あくまで人間レベルでの話である。氷の森に太刀打ちできるようなものではなかった。

聖天教の聖地は百年ほど前に氷の森に呑まれて消滅、聖騎士の法衣の製法もまた喪われている。

修道女が身に付けた法衣は、その百年前の遺物のようだ。経年劣化を起こし、本来の機能は喪っている。軽い魔除け程度の力はどうにか残っているが、それ以上の機能は果たしていなかった。

――どうする？

このまま洞窟を凍結させて立ち去るのが一番簡単だが、アスガルの魔物の倫理道徳には「他人の喧嘩相手を取らない」というものがある。修道女は武装をし、吸血鬼《ヴァンパイア》の洞窟に向けて進んでいる。洞窟の吸血鬼《ヴァンパイア》と戦うつもりでやってきたなら、優先権は修道女のほうにある。

足を踏み出したトラッシュは、出迎えるような形で修道女と向き合った。

修道女は足を止め、トラッシュに問いかける。

「どちらさま、でしょうか？」

不審がられているが、トラッシュが魔物であることには気づいていないようだ。

「俺の名はトラッシュ。ブレン王国のクロウ将軍に雇われている軍属の魔術師だ」

魔物だの七黒集だのと名乗っても、話が混乱するだけだ。開拓地で使っている肩書きを使った。

「クロウ将軍？」

修道女は目を丸くした。

「軍の魔術師が、どうしてこんなところに」

「不審な洞窟があると報告を受けてな。調査のために足を運んできた」

「そうでしたか」

修道女は相づちを打つ。トラッシュを信用したわけではないようだが、敵対的な態度を取っても益はないと判断したのだろう。

「私は、ニムリアと申します。この近くにあるレイナー村に住まう聖天教の修道女です」

「修道女が何故、武装をしてこんなところに？」

その質問に、ニムリアはわずかに沈黙した。屑《トラッシュ》という名をそのまま口にしていいものかどうか迷ったようだ。小さく「ト……」と言いかけたのがわかった。

「……魔術師様が仰った不審な洞窟のことだと思うのですが、この地には、グランデルという名の吸血鬼《ヴァンパイア》が封じ込められています。十年前、私の師である神父ヘルマンが封じ込めたのですが、封印が弱まりつつあるようで、グランデルの下僕である蝙蝠吸血鬼《バットヴァンパイア》が近辺に姿を現しています。先だっては、レイナー村の児童が蝙蝠吸血鬼《バットヴァンパイア》に連れ去られ、殺されかけました」

（あの時の子供か）

バロメッツの一匹が小さく鳴いた。

「吸血鬼《ヴァンパイア》退治に来たということか？」

「はい」

「村に男はいないのか？　領主はなにをしている？」

「男はいますが、吸血鬼《ヴァンパイア》が相手となると頼りにはなりません。返り討ちに遭い、グランデルの手下になって村に戻りでもしたら、取り返しのつかないことになりかねません。領主様には村長《むらおさ》から連絡をしているのですが、今のところ回答はありません」

「このあたりの領主は、ザンドール男爵だったか」

「はい」

カルロがいたスルド村と同じ領主だ。カルロやクロウ将軍の話を聞く限り、有能とは言えぬ人物らしい。事の重大さを理解していないのだろう。

トラッシュは改めて、修道女の目を見て言った。

「死ぬぞ」

魔力の籠もった武器や衣装を身につけている。本人もそれなりの魔力を持っているようだが、あくまで人間レベルだ。蝙蝠吸血鬼《バットヴァンパイア》程度ならば渡り合えるだろうが、吸血鬼《ヴァンパイア》そのものを相手取ることは不可能だろう。

「わかっています」

ニムリアは、思い詰めた表情で応じた。

「それでも、誰かが、戦わなければいけないんです」

「無駄死にをするだけだ」

「……人死にが出れば、領主様も真剣に考えざるを得ないでしょう」

「なるほど」

馬鹿げた話ではあるが、了見としては理解できた。

カルロやクロウ将軍によると、ブレン王国の為政者は「犠牲が出るまで動かない」ことが多いらしい。

手をこまねいていれば、誰がどんな形で犠牲になるかわからない。だから自分が先陣を切って斬り込むことにしたのだろう。

敗北しても、それがきっかけで領主を動かすことができれば御の字だと考えて。

「何故、それがおまえでなければならん？」

「グランデルを封印したヘルマン神父は、二年前に亡くなりました。私はグランデルに殺されかけたところをヘルマン神父に救われ、以来、ヘルマン神父の庇護を受け、薫陶を受けてきました。ヘルマン神父の教え子として、グランデルと戦う義務があります」

――思い込みが激しいようだな。

命の恩人、恩師であるヘルマン神父とやらの遺志を果たす。その一心で動いているようだ。

義理堅いと言えば聞こえがいいが、命まで放り出すところまで行ってしまうと、さすがに行き過ぎだろう。

だが、全く話が通じぬ狂信者というところまでは行っていないようだ。

「いいだろう」

トラッシュは指を鳴らす。

高い音と同時に、巨大な氷の結晶が現れ、氷の格子のように洞窟をふさぐ。

ニムリアは目を丸くした。

「何を……？」

「仮の封印と言ったところだ。向こう十日は、グランデルとやらが出てくることはない。ついてくるがいい。クロウ将軍に引き合わせてやる」

洞窟そのものを凍結させてしまうこともできたが、やめておくことにした。

グランデルとやらが人間に認知されていないものであったなら、知らぬ顔で闇に葬っても良かったが、既に認知されている存在ならば、それはこの土地の為政者、ブレン王国が解決すべき問題だ。

領民の訴えを放置していたら、いつの間にか問題が片付いていたというのでは、ブレンという国のためになるまい。

氷の森のような大陸規模の厄災ならばともかく、たかが吸血鬼《ヴァンパイア》である。人間の手で対応できない問題ではないはずだ。

「クロウ将軍に？」

やや混乱した表情を見せるニムリアに、トラッシュは「そうだ」と続けた。

「あの男であれば、頼みとするに足るはずだ」

約二時間後、トラッシュは修道女ニムリアを伴いイベル山の開拓地に戻った。

人間の魔術師は十キロの距離を数分で飛んで移動したりはしない。正体を隠すために徒歩で移動をしたため時間がかかった。

まずトラッシュ一人でクロウ将軍に面会し、状況を説明した。

「吸血鬼《ヴァンパイア》か。片付けてくれても良かったんだがね」

クロウ将軍は無精髭の生えた顎を撫でて呟いた。

「自分の国に降りかかった火の粉だ。自分の手で払え」

「アスガルから飛んだ火の粉の線は？」

「ニムリアの話によれば、吸血鬼《ヴァンパイア》グランデルは元人間だ。氷の森に敗北した聖天教の聖騎士が氷の森に対抗する手段を求めて邪法に手を染め、バケモノと成り果てたらしい。邪法自体はアスガルから流れたものだろうが、邪法に手を出したのはこの大陸の人間だ。それでも尻を拭けというなら、片付けてやることは容易いが、いいのか？　それで」

人間の矜持というものがあるべきだ。

「なるほど」

クロウ将軍はため息をつく。

「確かに、自分でなんとかしないとダメだろうな……俺の手に負えるやつならいいんだが」

「案ずるな。知恵程度は貸してやる。俺の見立てが正しければ、あの修道女は掘り出しものだ。おまえとカルロの助力があれば、グランデルに遅れを取ることはあるまい」

「そこまでのものなのか？　その修道女は」

「戦士としては並程度だろう」

同年代の人間に比べればそれなりのものかも知れないが、あくまでも人間レベルの話だ。

「だが、聖騎士の法衣がある。あれを直してやれば、グランデルを制するには充分だろう」

「直せるのか？　あれの製作法は百年前に失伝したはずだ」

「カルロがいる。奴の腕があれば、さして難しい仕事ではないはずだ」

スルド村潜伏中にサヴォーカ、ルフィオが持ち込み続けた仕事のおかげで、カルロは魔力を持った素材や衣類の扱いに慣れて来ている。聖騎士の法衣の修復程度であれば、充分にこなせるだろう。


ルフィオに連れ出されていたカルロが開拓地に戻ったのは、トラッシュがニムリアをクロウ将軍に引き合わせて間もなくのことだった。

クロウ将軍の執務室で吸血鬼《ヴァンパイア》の件をカルロに説明したトラッシュは、同席している修道女ニムリアを視線で示して言った。

「この衣装を修復してもらいたい」

「納期はどの程度でしょうか？」

「一週間だ。ヘルマン神父が施した封印は既に機能を失っている。俺がかけ直した仮の封印は十日程度保つが、移動や準備の時間も必要だ」

「わかりました」

カルロはあっさりとうなずいた。

「……わかってるんだよな？　聖騎士の法衣ってのが、どういうものなのか」

返事が簡単すぎたので、かえって不安になったようだ。クロウ将軍が念を押した。

カルロは落ち着いた表情で「はい」と応じた。

「実を言うと、その法衣を見るのは、初めてではありません」

「どういうことでしょう？」

ニムリアが問いかける。

「グランデルと戦う直前のことだと思うんですが、十年前、ヘルマンと名乗る神父が、自分の養父を訪ねて来ました。法衣を直すことができないかと。養父は腕のいい裁縫師でした。その噂を聞きつけて、一縷の望みをかけたんだと思います。完全な修復は、さすがに不可能だったようですが」

「ホレイショでも、手に負えなかったのか？」

トラッシュは眉根を寄せた。それをなだめるような調子でカルロは続ける。

「技術的な問題はなかったんですが、素材の調達ができなかったそうです。法衣に聖印を組み込むために用いる、聖蚕《せいさん》の糸が手に入らなくて」

「セイサン？」

ニムリアは怪訝そうに言った。

「聖天教の霊山ヒルエ近くに住んでいた、強い魔力を持った蚕だそうです。氷の森の北上によって、今は絶滅しています。代替材料としてはアスガル大陸の光蛾《こうが》という蛾の繭から取れる煌糸という糸が考えられたそうですが、そちらも当時の養父には入手不可能でした。やむなく良質な絹糸《こうし》を使って対応したそうですが、法衣が本来持つ機能を取り戻すには及ばなかったと口にしていました……失礼します」

カルロは裁縫箱を開き、虹色に光る糸を巻いた糸巻きを取り出した。

「これが煌糸の現物です」

「……おかしなものをしれっと出してきたな」

クロウ将軍は、少し呆れた顔で言った。

「偶然手に入りまして」

サヴォーカが提供したアスガルの素材類の中に混じっていたものだろう。

「細かなところはやってみなければわからない部分もありますが、素材の問題はありません」

「そうか」と言ったクロウ将軍は、ニムリアに目を向けた。

「どうだろう？　ニムリア修道女」

カルロに法衣の修復をやらせるか、という問いだ。

煌糸の糸巻きをもう一度眺め、法衣の胸に手を当てたニムリアは、少し間を置いた後「はい」と答えた。

「修復をお願いします」

◎◎◎

ミズリ湖の吸血鬼《ヴァンパイア》グランデルは元人間であり、元聖天教の聖騎士だった。

氷の森の北上によって聖地を奪われたグランデルは、その生涯を氷の森に立ち向かうための力の探求に捧げた。だが、その探求は実を結ぶことなく、グランデルは老いて行った。

何も成し遂げず、無為に死にゆく。

その恐怖から、グランデルは邪法に手を染めた。

冥層の邪法。

負の生命が住まう世界、冥層より邪悪な霊を呼び出し、自らに憑依させることで自身を不死の吸血鬼《ヴァンパイア》へ変える術。

この儀式によってグランデルは不死性と強大な魔力を手中に収め、そして人としての精神と理想、聖騎士としての誇りを忘れ果てた。

氷の森に立ち向かうという意思も、聖地を取り戻すという理想も忘れはて、ただ人の血肉を啜るだけの怪物と成り果てた。

目的を喪い、獣欲のままに人里を襲い、殺戮を繰り返すグランデル。

やがて、一人の男がその暴走に気づいた。

グランデルと同時期に北方へ逃れた聖騎士の末裔である神父ヘルマンは、人々を恐怖に陥れる吸血鬼《ヴァンパイア》の正体が自身と同じ聖天教の信徒、それも聖騎士のなれの果てであることに気づき、その凶行を止めるべく、グランデルの行方を追いはじめた。

そしてグランデルとヘルマンは、ブレン王国のレイナー村で激突した。ゴメルの裁縫師ホレイショの助力を得たヘルマンは父祖より受け継いだ聖騎士の法衣をどうにか使い物になるところまで修復し、グランデルに囚われていた少女ニムリアを救出。グランデルをミズリ湖畔の洞窟へと封じ込めた。

戦いのあと、ヘルマンはレイナー村に聖天教の教会を設け、グランデルの封印を見守ることにした。だがいつの日か、グランデルは蘇る。そう予見していたヘルマンは、ブレン王国の為政者たちにグランデルの脅威を伝えようとした。

しかし、レイナー村の領主ザンドール男爵には、ヘルマンの警告を聞き入れる器量はなかった。聖地の消滅による聖天教の影響力低下も災いし、ヘルマンはグランデル復活に対する有効な布陣を築くことができぬまま命を落とし、修道女として聖天教に帰依したニムリアが一人でその遺志を継ぐ形になった。

ニムリアもまたザンドール男爵、そしてブレン王国中央への働きかけを試みたが、山村の修道女に過ぎないニムリアの影響力はヘルマンよりさらに小さく、状況を打破するには至らなかった。

そして、その日が訪れた。

ヘルマンへの敗北から十年を経て、ほころびはじめた封印の隙間から自らの血をしみ出させたグランデルは、洞窟の蝙蝠どもを眷属に変え、ヘルマンの封印を外部から破壊することに成功した。

十年の封印を経たグランデルは血に飢え、渇いていた。

主人に供物を捧げるべく動き出した蝙蝠吸血鬼《バットヴァンパイア》たちはレイナー村を襲撃、一人の童女を連れ去った。

だが、レイナー村にはヘルマン神父の教えを受けた修道女ニムリアがいた。蝙蝠吸血鬼《バットヴァンパイア》たちを猛追したニムリアは洞窟に連れ込まれる寸前で童女を取り戻し、逃走した。

ニムリアのみであれば、逃げる前に取り押さえることもできたかも知れないが、さらに、第三勢力が出現した。

所属不明、正体不明の空飛ぶ羊たち。

洞窟に近づいて来た一匹を蝙蝠吸血鬼《バットヴァンパイア》が撃ち落としたところ、新手らしきものが飛来し、ニムリアを追う蝙蝠吸血鬼《バットヴァンパイア》を殲滅して行った。

強力な魔術師、あるいは魔物の使い魔かも知れない。警戒したグランデルは蝙蝠吸血鬼《バットヴァンパイア》たちに周囲の状況を探らせたが、有力な手がかりは得られなかった。

そして再び、羊たちが現れた。

グランデルを遙かに上回る力を持った、得体の知れぬ魔物を伴って。

その魔物は洞窟の入り口に魔力を帯びた氷の結晶を作りだし、グランデルを封じ込めて立ち去った。

二度目の封印。

混乱し、狂乱しかけたグランデルだが、間もなく、氷の結晶が溶けていることに気づいた。結晶に込められた魔力も、時間と共に減衰していく。

十日もあれば、溶けてなくなるだろう。

――何を考えている？

直接姿を見ることはできなかったが、グランデルなど歯牙にもかけぬほどの力を持つ魔物だった。

グランデルを洞窟ごと消し飛ばすことも容易だったはずだ。何故、一時的に閉じ込めるなどという中途半端な真似をしたのか。その意図が読めなかった。

不気味なもの、不穏な気配を感じつつ、グランデルは氷の封印が解ける時を待っていた。


ニムリアの法衣の直しを五日ほどで終わらせたカルロは残った時間で吸血鬼《ヴァンパイア》討伐に向かうクロウ将軍と兵士たちのためのサーコートを縫い上げた。

通常のサーコートを元に、開拓地に群生する黒綿花の糸で強化を施した吸血鬼《ヴァンパイア》討伐用の法衣もどき。

オリジナルの法衣には及ばないが、着用者の魔力を増幅し、薄い魔力の膜を作って着用者の体を守る機能を持っている。

吸血鬼《ヴァンパイア》討伐に向かうのは指揮官であるクロウ将軍と将軍の部下三十人。そしてニムリアとトラッシュ。

グランデルの相手はグランデルとの因縁が深く、聖騎士の法衣を身につけているニムリアが務め、蝙蝠吸血鬼《バットヴァンパイア》たちの相手は、クロウ将軍率いる兵士たちが務める。

魔物であるトラッシュの役割は洞窟にかけた封印を解くことだけで、それ以上の手出しはしない。

グランデルや蝙蝠吸血鬼《バットヴァンパイア》に威圧感を与えすぎ、全力逃亡を図られると殲滅が難しくなる。気配は最低限に抑え、人間ではどうしようもなくなった場合のみ動く手はずだ。

非戦闘員のカルロは開拓地で留守番である。

トラッシュの代わりの護衛役としてやってきたルフィオが空から見守る中、カルロはミズリ湖に向かう討伐隊を見送った。

開拓地を離れていく兵士たちの頭上には、四匹のバロメッツがくっついて行っている。

ニムリアを別にすれば、ミズリ湖の吸血鬼《ヴァンパイア》の存在に最初に気づいたのはバロメッツたちだ。事の顛末が気になっているらしい。首を突っ込みたそうにヌエヌエ鳴いていた。

同行できない自分の代わりに、ついて行ってもらうことにした。

(総司令《コマンダー》の名代として行くんだ。バカはやるんじゃないぞ)

カルロの肩の上に乗ったバロメッツのリーダーが、釘を刺すように鳴いていた。

ヌエーヌエー。

カルロが直した法衣をまとい、魔術師トラッシュと一緒に馬車に乗った修道女ニムリアは、空に視線を泳がせた。

——やっぱり、なにか、いますよね。

邪悪なものではないが、魔力を持ったものが、吸血鬼《ヴァンパイア》討伐隊の上空を飛んでいる。

最初に気配を感じたのは、蝙蝠吸血鬼《バットヴァンパイア》たちにさらわれたレイナー村の童女を取り戻し、逃げているとき。目に見えない何かが、追っ手の蝙蝠吸血鬼《バットヴァンパイア》たちを消し飛ばし、逃走を助けてくれた。

その次は、グランデルの洞窟近くで魔術師トラッシュに出会った時。

トラッシュや洞窟の周囲、ミズリ湖の上などを、不思議な気配が飛び回っていた。

最後はイベル山の開拓地だ。さらに多くの何かが飛び回っている上、地上のほうも、不思議な気配に覆われていた。

「見えているのか？」

魔術師トラッシュが言った。

「目では、なにも見えません。やっぱり、なにかいるんでしょうか」

「そうか」

フン、と鼻を鳴らしたトラッシュは空に目を向けて言った。

「姿を見せてやるがいい。修道女が混乱している」

（やっぱり気づいてたか）

（どうする？）

（挨拶くらいは構わんだろう）

四つの気配が空から降りてくる。馬車の側までやってくると、四つの気配は四匹の黒い子羊の姿を取った。

ヌエー。

（初めまして、修道女《シスター》）

（おれたちがバロメッツだ）

（よろしく）

馬車の端に乗り、ヌエーヌエーと鳴く黒い子羊たち。

「……これは？」

ぼんやり想像していたイメージと違う。蝙蝠吸血鬼《バットヴァンパイア》を消し飛ばすような存在だ。猛禽やドラゴン、狼のような肉食の生物を想像していた。

猫くらいの大きさでヌエヌエと鳴く黒羊など、想像外もいいところである。

「バロメッツという霊木の一種だ」

「霊木？　動物のように見えますが」

「バロメッツは黒綿花という冥層の植物が変異して発生する。見た目は羊だが、性質としては綿の塊に近い。伸びてみせろ」

（こうかい？）

バロメッツの一匹が蛇のように体を伸ばす。トラッシュの言葉通り綿でできているらしい。細長く体を伸ばしても、骨や内臓が飛び出してくるようなことはなかった。

「貴方の使い魔なのですか？」

「俺に仕えているわけではない」

「カルロさん、でしょうか」

カルロの周りには、大抵バロメッツの気配があった。

「魔術師が使役する使い魔とは、また別のものだがな」

微妙に趣旨のずれた回答をしたトラッシュは、そのまま沈黙する。バロメッツの帰属について、はっきり答えるつもりはないようだ。

「開拓地では、バロメッツ以外のものの気配も感じたのですが」

質問を変えてみた。

「黒綿花の気配だろう。常人の目には見えないが、イベル山とその近辺を覆い尽くす形で繁茂している」

「……どういう土地なんでしょうか、あの開拓地は」

人の目には見えない植物に覆い尽くされ、目には見えない綿の羊が飛び回る山。

「元はただの休火山だった。だが、震天狼《バスターウルフ》という魔物が現れ、イベル山を噴火させた。それをきっかけに、色々おかしなことになっていった」

それ以上細かい説明をするつもりはないようだ。トラッシュは再び沈黙した。

ニムリアは馬車の端に陣取った四匹のバロメッツを順に見る。一匹のバロメッツに目をとめた。

（なんだい？）

ヌエ、と鳴いたバロメッツに問いかける。

「貴方ですか？　ミズリ湖で助けてくれたのは」

四匹居るバロメッツの姿は、外見では判別できない。だが、蝙蝠吸血鬼《バットヴァンパイア》たちの追跡から救われた時に感じた気配は、このバロメッツのものだと感じた。

(ご名答)

バロメッツはヌエーと鳴いた。

(よくわかったな。総司令《コマンダー》もいまいちわかってねぇのに)

(大したもんだ)

正解だったようだ。黒羊たちは「やんややんや」と言うようにヌエヌエと鳴き騒いだ。


吸血鬼討伐隊《ヴァンパイア》がミズリ湖に到着したのは、トラッシュの封印が解ける一日前。解除はいつでも可能だが、準備もなくいきなり封印を解いても仕方がない。クロウ将軍は部下たちとともに氷の封印の外側に吸血鬼《ヴァンパイア》の羽根や首を切るための鋼線を張り巡らせ、さらに洞窟に火を放つための油壺を設置していく。

(えげつねぇ)

兵士たちの作業を眺めつつ、コットンイレブンは呟いた。

(人間が魔物とやり合うには、これくらいは必要なんだろうさ)

コットンワンはクールに鳴いた。

作業の指揮はクロウ将軍がとり、トラッシュとニムリアは後方で待機している。

法衣姿のニムリアは武装として長剣と、分銅のついた鎖を身に付けている。

長剣はクロウ将軍が提供した支給品に聖油を使って魔力を乗せただけのもので、由緒があるのは鎖の方だ。聖天教の全盛期に造られた聖鎖《せいさ》と呼ばれる武器、蝙蝠吸血鬼《バットヴァンパイア》程度であれば当たっただけで仕留められる。コットンワンたちが洞窟近くで見かけた、灰化した蝙蝠吸血鬼《バットヴァンパイア》たちを葬ったのは、この鎖である。

「設置完了です！」

鋼線と油壺の設置が終わり、兵が声を上げる。

「火矢を構えろ！」

クロウ将軍の指示を受け、兵たちが火矢を構える。

「魔術師殿。開封を頼む」

「了解した」

トラッシュが前に出て、右手を挙げる。

「開封する！」

トラッシュが指を打ち鳴らす。

氷の封印が、水に変わって溶け落ちる。

それにタイミングを合わせ、兵士の一人が油壺を引っかけていたロープを断ち切る。

支えを喪った油壺が次々に傾き、割れ砕ける。洞窟に油がぶちまけられていく。

「放て！」

クロウ将軍の号令を受け、兵士たちが火矢を射込む。

揮発した油に火矢が触れ、爆発を引き起こした。

（うわ）

（やべぇ）

洞窟から、黒煙と炎が噴き上がる。洞窟の奥から蝙蝠吸血鬼《バットヴァンパイア》たちの悲鳴が聞こえたが、張り巡らされた鋼線は、爆炎の中でも健在だった。洞窟から飛びだそうとする蝙蝠吸血鬼《バットヴァンパイア》たちの体を絡め取り、あるいは切断し、逃走を許さなかった。

（やったか？）

コットンイレブンの呟きに、コットンワンは（まだだ）と応じた。

（大将は健在だ。グランデルが来るぞ）

コットンワンの言葉に応じるように、黒煙と炎の中から、小柄な人影が現れた。

⚫⚫⚫

それは張り巡らされた鋼線を掴み、引きちぎりながら姿を現した。

徒手空拳。髪も眉も髭もない青白い顔。一メートル半もない小柄な体に、聖騎士の法衣に似た衣装を身に付けていた。

ニムリアにとっては、忘れようのない存在だ。

吸血鬼《ヴァンパイア》グランデル。

ニムリアの両親、兄弟姉妹を殺し、ニムリア自身をも捕食しようとした、獰悪な獣。

元聖騎士。元人間でありながら、邪法によって人食いと成り果てたもの。

家族の仇。

師であるヘルマン神父の仇敵。

不倶戴天の敵である。

だがグランデルの側は、ニムリアのことは記憶にないようだった。

何かを警戒したように辺りを見回した後、ニムリアの顔ではなく、法衣と聖鎖に目を留める。そして、かすれた声で「おや」と言った。

「ヘルマンはどうしました？」

「亡くなりました。二年前に」

ニムリアは淡々と応じる。

冷静に、と自分に言い聞かせながら。

「それは残念ですね」

グランデルは口元を歪める。

「封印が解けた暁には、真っ先に殺しに行くつもりでいたのですが。しかし、女が後継者とは。晩年は惨めなものだったようですね」

ニムリアを挑発しているわけではないようだ。自身を封じ込めたヘルマンが、不遇に死んだと認識し、単純に悦んでいる。

一面では、間違っていない。

吸血鬼《ヴァンパイア》グランデルを封じ込めた英雄として、ヘルマン神父は尊敬されていた。レイナー村の村人たちと共に静かに暮らし、穏やかにその生涯を終えた。

だが、グランデルの復活への備えは、満足に行えなかった。師事を望んだニムリアに聖騎士の武器である法衣と聖鎖の扱い方、剣術などを伝えはしたが、領主であるザンドール男爵、ブレン王国の上層部などへの働きかけは不調に終わり、無念と懸念を残したまま、この世を去ることとなった。

——冷静に。

激情に駆られそうになる自分にもう一度言い聞かせ、長剣の柄を握る。

その刹那、グランデルは動いた。

人間の認識速度を遙かに超えた速度で踏み込み、右手を一閃、ニムリアのはらわたをえぐりだ……そうとした。

魔術師トラッシュ、古着屋カルロに接触する前のニムリアであれば、そうなっていただろう。

だがニムリアは聖油をまぶした長剣で、吸血鬼《ヴァンパイア》の爪を受け止めていた。

鉄槌を打ち付けられたように剣がねじ曲がるが、そのまま攻撃を受け流し、距離を取る。

剣は使いものにならなくなったが、受け流されるとは思わなかったのだろう。グランデルは目を見開いた。

「……何故、対応できる？」

相当に驚いたようだ。話し口調が変わっている。

「法衣の力だ」

そう答えたのは、後方にたたずんだ魔術師トラッシュ。

（なんでこんなドヤ顔なんだ）

近くを飛んでいたバロメッツが、呆れたようにヌエーと鳴いた。

「あり得ん」

グランデルはうなるように応じる。

「聖騎士の法衣は、そのような都合の良いものではない。こんな、どこにでもいるような小娘に、私と渡り合えるほどの力を付与するようなものではない」

「そうだろうな」

赤マントの魔術師は「カカカ」と笑った。

妙に得意げな響きがあった。

「その娘の法衣は、ヘルマンという男が身に付けていた法衣を、ものと加減を知らぬ職人が、魔物の国アスガルの素材で仕立て直したものだ。見た目は変わらんが、見事なできそこないでな。本来の性能でなく、本来あるべき性能の、数十倍の性能を持った代物と成り果てた」

——数十倍？

グランデルは元人間、元聖天教の聖騎士である。法衣のことはよく知っている。

今身に付けている法衣もどきにしても、人間であった頃身に付けていた聖騎士の法衣を模したものである。オリジナルの法衣ほどではないが、吸血鬼《ヴァンパイア》の持つ負の魔力を高める機能を持っている。

——ふざけるな。

そんな非常識な代物があるはずがない。

そんなものがあっていいわけがない。

グランデルの力は邪法を用い、人を捨てることで得た力だ。

それだけの犠牲を払って手に入れた力だ。

たった一着の法衣ごときにひっくり返されるはずがない。

ひっくり返されていいはずがない。

「たわごとを！」

グランデルは掌の上に赤黒い魔力の塊を生じさせ、投射する。

着弾と同時に爆発、十メートル半径を消し飛ばす魔力弾。

だが、届かない。

しゃりん、と音を立て、鞭のように動いたニムリアの聖鎖が、魔力弾を空中で打つ。

それだけで、魔力弾はかき消えた。

衝撃と恐怖が、グランデルの脳裏を駆け抜ける。

赤マントの魔術師の言葉に、嘘はなかった。修道女の力は確かに、吸血鬼《ヴァンパイア》グランデルの魔力を凌駕していた。

グランデルは叫ぶ。

「来い！」

その叫びに呼応し、洞窟から蝙蝠吸血鬼《バットヴァンパイア》たちが飛び出してくる。火攻めと鋼線によって、半数以上が戦闘力を失っていたが、まだ四十匹以上は生き残っていた。

「やれ！」

蝙蝠吸血鬼《バットヴァンパイア》たちは高い声をあげ、兵士たちに襲いかかる。吸血鬼《ヴァンパイア》としては最下等の部類だが、それでも吸血鬼《ヴァンパイア》である。一匹居れば人間の兵の二、三人には相当する。

一対一では不利であっても、集団戦に持ち込めば、優位を確保できるはずだった。

兵士たちを鏖殺《おうさつ》し、修道女と魔術師を押し囲んで殺す。

「殺せ！」

狂気めいた声で、吸血鬼《ヴァンパイア》は叫んだ。

恐ろしかった。

修道女の力が、そして赤マントの魔術師が。

赤マントの魔術師ことトラッシュは、魔物としての気配を抑え、人間を装っている。

グランデルは洞窟を封じた魔物と赤マントの魔術師が同一のものだと気づいていなかった。

だが直感と本能が、うっすらと悟っていた。

本物の怪物は、あの赤マントの魔術師だと。

だが、恐るべきものは、修道女と魔術師だけではなかった。

「焦るな！　神々の加護は我々と共にある！　邪なる者《ズガランヴァ》よ去れ！」

「「邪なる者《ズガランヴァ》よ去れ！」」

剣を振り上げた指揮官の声に合わせ、聖天教の祈りの言葉を叫んだ兵士たちが、手にした短槍で蝙蝠吸血鬼《バットヴァンパイア》たちを叩きおとし、串刺しにする。

槍衾を通り抜けたものもあったが、その爪牙は、兵士たちには届かなかった。

口から放つ衝撃波も、兵士たちを打ち倒すことはできなかった。

魔力で構築された皮膜のようなものが、兵士の体を守っている。

――ばかな、兵卒までも!?

兵たちが身に付けたサーコートにも聖騎士の法衣に準じる加工が施されているようだ。修道女が身に付けた法衣ほどではないが、グランデルが現役の聖騎士だった時の法衣の性能を、確実に上回っていた。

蝙蝠吸血鬼《バットヴァンパイア》たちは、為す術なく葬られていく。

歯が立たない。

打開策がない。

頼れるものがあるとすれば、あとは、己の翼だけだ。

背中から黒い翼を拡げ、グランデルは空へ舞い上がる。

このまま立ち尽くしていても、待つのは破滅だけだ。

とにかく全力で、この場から離脱する。

もはや、それ以外に策はなかった。

「グランデル！」

修道女が聖鎖を放つ。

銀色の大蛇のように伸び、追いすがって来る聖鎖を、グランデルは死に物狂いでかわし、さらに加速する。

その前方に、黒い影が滑り込む。

（逃がすかよっ！）

ヌエーッ！

修道女たちの側に居た、空飛ぶ羊の一匹だ。

「邪魔だ！」

グランデルは一喝し、口から衝撃波を放つ。

（ぎゃっ！）

ヌエ！　と悲鳴を上げて、空飛ぶ羊は落ちていく。

だが、羊は一匹ではない。

三匹の黒羊が、グランデルの上空へと回りこんでいた。

（毛綿針《ウォートホッグ》で羽根をぶち抜く。コットンスリー、俺に合わせて右をやれ。コットンツーは誘導綿《スピットファイア》だ。ここで叩き落とすぞ）

（コットンイレブンの仇討ちだ）

（いや死んでねぇだろアレ）

三匹は稲妻のように降下し、グランデルの背中に襲いかかる。

二匹の黒羊が放った毛綿の針がグランデルの両翼を撃ち抜き、引き裂いていく。

（フィニッシュだ。沈めてやれコットンツー）

（任せときな。全弾発射だ。喰らいやがれ！）

三匹目の黒羊が、体の左右から十六発の毛綿の弾体を撒き散らす。

失速したグランデルに追いすがった弾体が標的の全身に突き刺さり、炸裂する。

吸血鬼《ヴァンパイア》の全身を炎が覆う。

轟音が響いた。

グランデルは湖畔に叩き落とされた。

羽根を引き裂かれ、全身焼けただれた姿で倒れた吸血鬼《ヴァンパイア》に、ニムリアは歩み寄る。

まだ意識はあるようだ。グランデルは首を動かし、修道女の姿を見た。

とどめの聖鎖を放とうとするニムリアに向けて、グランデルは弱々しく言った。

「私の、負けのようですね……見切りをつけた聖騎士の法衣の力が、吸血鬼《ヴァンパイア》の力を圧倒するとは、皮肉なものです」

ヌエー。

ニムリアの側に浮いたバロメッツが短く鳴いた。

(油断するな)

グランデルは倒れたまま、ニムリアに向けて手を伸ばす。

「……良ければ、これを、受け取ってください。道を誤った私の、最後の……」

バロメッツが警告してくれていることは理解できていた。油断をしたわけでもない。だが、グランデルが語りかけてきたことで、ほんの少し、判断が遅れた。

結果。

(しゃらくせえっ!)

ヌエエエエェッ!

雄叫びと共に撃ち出された毛綿の弾体がグランデルの右手を消し飛ばす光景を目にすることになった。

攻撃を仕掛けたのは、グランデルの前に最初に立ち塞がり、返り討ちにされていたバロメッツ。まだまだ元気だったらしい。

（やっちまったか）

（対応としちゃ間違ってねぇが身も蓋もねぇ）

「ぐっ……き、貴様っ！」

弱ったふりをしていたが、余力を残していたようだ。右手首から先を消し飛ばされたグランデルは立ち上がり、血走った目でバロメッツを睨む。

「狙いはこれだな」

いつの間にかやってきていた魔術師トラッシュが、足下から紫色の人の爪のようなものを拾い上げた。

「呪爪《じゅそう》だ。人差し指の爪に呪詛を仕込んで飛ばす。命中すると頭蓋に入り込み、脳髄を支配する。おまえを支配することでこの場を切り抜けようとしたのだろう。今のおまえに通用するかは怪しいものだが」

「そうでしたか」

観念した振りをして、呪爪を撃ち込むつもりだったのだろう。

問答無用で攻撃してもらわなければ危なかったかも知れない。

「ありがとうございます」

（いいってことよ）

（ケリをつけるぞ）

ニムリアの言葉にヌエヌエ応じつつ、グランデルを包囲するバロメッツたち。

グランデルは吹き飛んだ右の手首の先から、血のかぎ爪を創り出した。農業用の熊手《フォーク》を思わせるサイズの、剣呑な代物だ。

「シャアアアアアアッーーーーッ！」

血を吐くような奇声をあげたグランデルは、ニムリアめがけて突進する。

だが、戦いの帰趨《きすう》は、既に決していた。

四匹のバロメッツは、自身の体を長細いロープのように変えてグランデルの体を絡め取り、地面につなぎ止める。

（ここまでだ）

（観念しな）

（修道女《シスター》、とどめだ！）

（ぶちかませ！）

バロメッツたちの呼び声を受け、ニムリアは聖鎖を放つ。

まっすぐ、矢のように飛んだ聖鎖はグランデルの胸板を撃ち貫くと、そこから獲物を絡め取った蛇のように吸血鬼《ヴァンパイア》の体に巻き付く。

「離れてください！」

（よし、離脱しろ！）

（あいよ！）

（行くぞ）

（やべ、からまった！）

若干のもたつきもありつつ、離脱する四匹。

四匹目の離脱と同時に、ニムリアは聖鎖に魔力を通す。

法衣に増幅されたニムリアの魔力は聖鎖を介し、輝く破邪の光と変わる。

祈りの言葉を告げる。

「邪なる者よ去れ《ズガランヴァ》！」

聖鎖の光が、閃光となる。

小さな太陽を思わせるその光は、グランデルの血肉や骨、はらわたに至るまでの全てを焼き尽くし、あとかたなく消し去った。


吸血鬼《ヴァンパイア》グランデルとの戦いから約一ヶ月後、ブレン王国は氷の森の大暴走《ヘル・スタンピード》に見舞われた。

グランデルとの戦いで威力を見せつけた法衣も、死の寒波の前では無力だった。なすすべなく倒れたニムリアは、死神《グリムリーパー》サヴォーカが張った結界によって命を拾った。

感覚としては大寒波に襲われて意識をなくし、気が付いたら大暴走《ヘル・スタンピード》が収まっていた形である。

ニムリアが暮らすレイナー村に死傷者はなく、ブレン王国全体で見ても、被害は軽微だった。

それ自体は喜ばしいことだが「一体何が？」という困惑と疑問は、やはり大きかった。

魔術師トラッシュや裁縫師カルロ、バロメッツたちが関わっているのではないか。そんな風にも思えたが、実際のところを確かめる術はニムリアにはなかった。

そして大暴走《ヘル・スタンピード》から一週間が過ぎた朝。

洗濯のために教会を出たニムリアの背中に、ヌエーという声がぶつかった。

視線を上げると、四匹のバロメッツが空中に浮かんでいた。

(よう)

(元気そうだな)

(安心したぜ)

ヌエヌエと鳴く黒い羊たちの姿を見上げ、ニムリアは微笑した。

「様子を見に来てくれたんですか？」

もう会うことはないだろうと思っていたが、心配をしてくれていたようだ。

(せっかく助けたのに、一月で死なれてちゃ、寝覚めが悪いんでね)

手を伸ばすと、バロメッツたちの一匹が降りてきて、掌の上に乗った。

たぶん、ニムリアが最初に出会ったバロメッツだろう。

「また、会えましたね」

そう言って、バロメッツの小さな体を軽く撫でる。

「貴方たち、なんですか？　大暴走《ヘル・スタンピード》を止めてくれたのは」

ぼんやりと思っていたことを、直接聞いてみる。

トラッシュから聞いた話によると、バロメッツは人語を解するが、バロメッツの言葉はヌエーという鳴き声ではなく、鳴き声と同時に発生する電波《デンパ》に意味を乗せるもので、他の生き物には理解以前に聞こえないそうだ。答えは期待していなかった。

(俺たちも関わっちゃいるが、俺たちが止めたとは言えねぇな。アスガルの魔物たちと、総司令《コマンダー》の力だ)

バロメッツはヌエーと答える。

否定的ではなさそうだが、具体的になにを言っているのかは、やはりわからない。

——当たらずとも遠からず、くらいでしょうか。

全く的外れな解釈をしているのかも知れないが。

しばらくの間、ニムリアの周りをヌエヌエと飛んでいたバロメッツたちは、やがて、ふわりと高度をあげる。

(そろそろ時間だ。また来るぜ)

「もう、行ってしまうんですか？」

(仕事の途中でね。総司令《コマンダー》たちが氷の森を止める準備を進めてる。大暴走《ヘル・スタンピード》じゃなくて、森の活動そのものを。うまくいきゃ、このへんももう少し生きやすくなるはずだ)

(期待して待ってな)

手を振るように尻尾を振って、バロメッツたちは高く舞い上がっていく。

(またな、修道女《シスター》)

最後のヌエーの意味は、きちんとわかった気がした。

「はい、また」

微笑んでそう応じ、ニムリアは黒羊たちを見送った。

バロメッツたちが飛んでいった先に、金色の獣の姿が見えた。

高度と角度の関係で、背中に人間が乗っていることまではわからなかったが、竜のように巨大な狼であることは判別できた。

――震天狼《バスターウルフ》。

ここ数ヶ月の間、ブレン王国の各地で目撃されてきた黄金の大狼。イベル山、ブレン王国の首都ベルトゥで火山の噴火を引き起こし、先の大暴走《ヘル・スタンピード》では大寒波の中心近くにあった都市ゴメルを凍結から救ったという。

バロメッツたちと接点のある魔物だったようだ。

――やっぱり、つながっていたんですね。

ニムリアは微苦笑をした。

グランデルを容易く封じ込めた魔術師トラッシュ。理解を絶する技量を持った裁縫師カルロ。

震天狼《バスターウルフ》。そしてバロメッツ。

人知を超えた力を持った怪人たちと魔物たち。

大暴走《ヘル・スタンピード》を止めたのは、やはり彼らだったのだろう。

もしかすると、畏怖すべき存在なのかも知れない。

だが、恐怖は感じなかった。

震天狼《バスターウルフ》のことはよくわからないが、魔術師トラッシュは信頼すべき資質を持っていた。裁縫師カルロは、普通の人間と変わらぬ精神性を持っていた。

バロメッツたちは勇猛果敢で、不思議な気の良さのようなものを持っていた。

悪しきものではないだろう。

恐れ、憎むべきものでもないだろう。

ニムリアは目を閉じる。手を組んで、祈りの言葉を唱えた。

「祝福《ミサンヴァ》あれ」

バロメッツたち、魔術師トラッシュたちの行く先に、神の祝福がありますように。

そんな思いを込めて。

《特別収録／バロメッツ戦記～オペレーション・ヴァンパイアキラー～・了》

あとがき

このたびは『魔物の国と裁縫使い』をお手にとっていただきありがとうございます。

今際之キワミと申します。

二ページのあとがきを、ということで紙幅をいただきましたので、本作のメインキャラクターのメイキングについて少し書かせていただきたいと思います。

まずは主人公カルロから。

カルロの原形は数年前、別のお話の脇役として書いた『仕立屋』という名の暗殺者でした。針と糸とハサミを操り「あらゆるものを裁断し、縫合する」という異能系の老紳士。書いていて面白かったので主役にしてみたいと思いつつ、お話の作り方が思い浮かばず放置、やがてスローライフものなどを読むようになり、こんな感じでどうだろう、と暗殺要素を取り除いてデザインしたのがカルロになります。

正確に言うと『仕立屋』のイメージは養父ホレイショのほうに引き継がれていて、その孫のイメージで生まれたのがカルロになります。

サブタイトルでは伝説の狼となっているヒロインのルフィオは初期設定ではドラゴンでした。強くてヤバイ竜。ヤバイ竜と言えばキリスト教の赤い竜、つまりルシファー（サタン?）。ルシファーっぽくて可愛い名前、ということで少しいじってルフィオという名前に。実際書きはじめると少し扱いにくく、犬っぽい狼にしてみたところしっくり来たのでドラゴンから狼になりました。

もうひとりのヒロイン、サヴォーカは当初は死神《グリムリーパー》ではなくゴーレム。メカっぽい無感情ヒロインをイメージしていました。サヴォーカと言う名前は昭和の特撮番組のタイトル（とロボの名前）をいじってつけてあります。彼女もゴーレム少女では書きにくく、背景に花が咲く死神少女となりました。

そんなメンバーで始まったこのお話は一二三書房様から出版の打診をいただき、こうして書籍として刊行されることになりました。

お声がけくださった編集部の皆様。イラストを引き受け、カルロ、ルフィオ、サヴォーカ、ロッソ、バロメッツたちをデザインしてくださった狐ノ沢先生。ネットでの掲載時から応援していただいた読者様。そして本書をお手に取っていただいた皆様に、この場を借りて御礼申し上げます。

さて、紙幅もなくなって参りました。

次の機会があることを願いつつ、今回はここまでとさせていただきます。

それでは。

今際之キワミ＆バロメッツ

ヌエー（じゃあな）
ヌェー（また会おうぜ）
ヌエーヌエー（グッドラック）

魔物の国と裁縫使い 1
～凍える国の裁縫師、伝説の狼に懐かれる～

発　行
2020年4月15日　初版第一刷発行

著　者
今際之キワミ

発行人
長谷川　洋

発行・発売
株式会社一二三書房
〒101-0003　東京都千代田区一ツ橋2-4-3 光文恒産ビル
03-3265-1881

デザイン
okubo

印　刷
中央精版印刷株式会社

作品の感想、ファンレターをお待ちしております。
〒101-0003　東京都千代田区一ツ橋2-4-3 光文恒産ビル
株式会社一二三書房
今際之キワミ 先生／狐ノ沢 先生

Printed in japan, ISBN 978-4-89199-625-3

※本書は小説投稿サイト「小説家になろう」（http://syosetu.com/）に
掲載された作品を加筆修正し書籍化したものです。